DEZESSEIS

Universo dos Livros Editora Ltda.
Rua do Bosque, 1589 – Bloco 2 – Conj. 603/606
CEP: 01136-001 – Barra Funda – São Paulo/SP
Telefone/Fax: (11) 3392-3336
www.universodoslivros.com.br
e-mail: editor@universodoslivros.com.br
Siga-nos no Twitter: @univdoslivros

RACHEL VINCENT

Autora best-seller do *The New York Times*

Em um mundo em que todos são iguais, ela ousou sair do padrão

DEZESSEIS

São Paulo
2017

UNIVERSO DOS LIVROS

Diretor editorial: Luis Matos
Editora-chefe: Marcia Batista
Assistentes editoriais: Aline Graça e Letícia Nakamura
Tradução: Eloise De Vylder
Preparação: Carla Bitelli
Revisão: Juliana Gregolin e Francisco Sória
Arte: Francine C. Silva, Valdinei Gomes e Cristiano Martins
Capa: Francine C. Silva

Dados Internacionais de Catalogação na Publicação (CIP)
Angélica Ilacqua CRB-8/7057

V786d

Vincent, Rachel

Dezzesseis / Rachel Vincent ; tradução de Eloise De Vylder.
– São Paulo: Universo dos Livros, 2017.

240 p.

ISBN 978-85-503-0153-2

Título original: *Brave New Girl*

1. Ficção norte-americana 2. Ficção científica 3. Engenharia genética - Ficção I. Título II. De Vylder, Eloise

17-0729 CDD 813.6

Índices para catálogo sistemático: 1. Ficção norte-americana

PRÓLOGO

QUANDO EU ERA PEQUENA, achava que todas as meninas do mundo se pareciam comigo, porque é assim que são as coisas no jardim de infância. Os únicos rostos femininos vistos que eram diferentes do meu pertenciam às nossas babás, que se pareciam entre si, e eu acreditava que quando crescesse meu rosto ficaria igual ao delas.

No dia em que passei de Dahlia 3 para Dahlia 4, minha classe foi morar no dormitório principal e pôde comer no refeitório com as outras crianças pela primeira vez. Fiquei boba. Não sabíamos ler ainda, mas todas nós reconhecíamos os nomes impressos nos uniformes das outras crianças porque já tínhamos olhado para eles em nossas próprias roupas durante toda a vida.

Os nomes são todos os mesmos, é claro. São os números que importam. Os números e os rostos.

Naquele primeiro dia no refeitório principal, a maioria de nós estava atordoada demais para comer bem. Poppy 4, minha melhor amiga, não parava de falar dos outros rostos. Todas as garotas do ano 5 tinham pele escura e longos cabelos pretos e lisos. As do ano 6 tinham cachos loiros e um punhado de pintinhas no rosto, que nossa babá chamava de sardas.

Poppy queria *muito* ter sardas.

Lá também havia meninos. Nós víamos os garotos do ano 4 no jardim de infância, é claro, mas os 5 e 6 eram tão diferentes dos que conhecíamos quanto as meninas dos anos correspondentes eram de nós. Foi então que entendemos sobre a preservação e a distribuição uniforme dos traços genéticos. Tudo o que sabíamos era que num refeitório cheio de crianças de 4, 5 e 6 anos de idade, víamos seis tipos de rosto completamente diferentes.

Nossa visão de mundo tinha simplesmente explodido.

Mas enquanto Poppy observava rosto sardento após rosto sardento e Violet estendia a mão para tocar cada cabeça de cabelos lisos e macios que passava pela nossa mesa, eu estudava cada uniforme que podia ver, buscando uma série de letras que fossem as mesmas que as minhas. Em algum lugar na multidão de centenas de crianças do primário, havia uma garota chamada Dahlia 5. Ela não se pareceria comigo, é claro. Ela se pareceria com todas as do ano 5. Mas, mesmo tendo 4 anos, eu entendia que Dahlia 5 e eu éramos parecidas num nível muito mais fundamental.

Pouco antes, ela tinha sido Dahlia 4, assim como eu. E, dentro de mais um ano, eu seria ela. Pensei que, se pudesse encontrá-la, poderia ver meu próprio futuro.

Em toda a minha vida, nunca estive tão errada sobre alguma coisa.

UM

MEUS TOMATES CHEIRAM tão bem. Eles estão vermelhos, maduros e firmes, e eu adoraria colher um do pé e mordê-lo como se fosse uma maçã. Mas não vou fazer isso, porque os agricultores hidropônicos plantam vegetais para a cidade, não para si.

– Por que você sempre faz isso? – Sorrel 16 olha para minha mão esquerda, que está dobrada sobre a borda da mesa de irrigação, com os dedos dentro da água. Um teste de pH que parece uma caneta achatada está sobre a mesa, mas eu raramente o uso.

– Dahlia acha que pode adivinhar o pH da água pelo toque – Poppy 16 responde por mim, inclinando-se sobre suas plantas para sussurrar enquanto nossa instrutora se aproxima. – Estou certa, não estou?

Minha habilidade, porém, não vem de tocar a água, mas de olhar as plantas com atenção. Eu não deveria me orgulhar do fato de os meus tomates serem os frutos mais brilhantes e firmes da classe, mas não consigo evitar. O melhor que posso fazer é tentar esconder minha satisfação na frente da nossa instrutora. E das câmeras.

Meu favorito entre os tomates que plantamos até agora é o tomate-caqui, gordo e vermelho, que implora para ser fatiado e colocado sobre um hambúrguer de soja ou um sanduíche de peru. Mas também tenho um carinho pela variedade italiana e pelos vibrantes tomates-pera-amarelos, que têm o tamanho do meu polegar, mas são bulbosos na extremidade.

Às vezes, eu gostaria de poder dizer aos cozinheiros que os tomates *não* são todos parecidos. Mas meu trabalho não é criar receitas nem fazer comida. Meu trabalho é cultivar plantas comestíveis. Pelo menos, será esse quando minha classe se formar e entrar na Divisão de Trabalho Profissional. Como integrantes da Seção dos Agricultores Hidropônicos, vamos cultivar alimentos para a cidade de Lakeview. Esse é o nosso destino desde que nosso genoma foi encomendado pela Liderança.

– Está bem, gênio. – Violet olha para mim por entre suas plantas. Sua estação fica na diagonal da minha, ao lado da de Poppy e de frente para a de Sorrel, em nosso cubículo de trabalho. – O que eu estou fazendo errado, então? – ela sussurra.

As folhas dela estão enrolando nas pontas e os caules têm um pálido matiz avermelhado.

– Deficiência de magnésio. Seu pH está muito baixo.

– Isso é impossível, eu conferi o pH ontem – sussurra Violet.

– Confira de novo.

Entreguei a ela o teste de pH e ela o mergulhou na água de sua bandeja de irrigação. Ela espremeu os olhos e apertou o maxilar. Eu reconheço sua frustração porque vejo aquela mesma expressão no espelho todos os dias. Não que eu precise de um espelho para ver meu rosto. Basta olhar em volta no quarto.

Todas as vinte alunas da classe de cultivo hidropônico do ano 16 têm o mesmo cabelo castanho, olhos castanhos e pele clara. Somos todas destras. Todas nós temos os lóbulos da orelha proeminentes e o segundo dedo do pé mais longo que o dedão, e todas nós enrolamos a língua.

Se eu entrasse em qualquer uma das outras classes profissionalizantes – elétrica, hidráulica, cozinha, costura, carpintaria, mecânica, paisagismo e muitas, muitas outras –, veria mais vinte rostos e corpos idênticos, diferentes de mim apenas pelos códigos de barra nos pulsos e pelos nomes nos uniformes. Nomes como Anise e Julienne. Cornice e Fascia. Gusset e Muslin.

Todas as garotas da Divisão de Trabalho Profissional do ano 16 foram clonadas de um único genoma, criado por um engenheiro genético para serem saudáveis, fortes e inteligentes. E nós somos tudo isso.

Mas algumas também são preguiçosas. Por exemplo, a Violet.

– Dahlia 16! – chama nossa instrutora, Sorrel 32, do outro lado da sala.

Fico paralisada enquanto seus sapatos padrão de instrutora se aproximam ruidosamente. Suas mãos pousam em meus ombros e eu prendo a respiração. Nós não devemos conversar com nossas amigas durante as aulas.

– Estes tomates italianos estão lindos! Quando você começou a cultivá-los? – Sorrel 32 levanta a etiqueta pendurada em uma das minhas plantas e seus olhos se arregalam. – Isto está certo? – Ela aponta para a data na etiqueta. – Estas plantas não podem ter apenas seis semanas.

– Elas têm. Eu as plantei no mesmo dia que todo mundo. – E ela deve saber isso, pois esteve esteve nas aulas todos os dias, inclusive no dia em que começamos esta unidade de tomates.

– Nenhuma das outras estão prontas para colher. – Seu olhar percorre a estufa hidropônica, passando por tomates em vários estágios de crescimento. Os meus são os mais maduros. – Ótimo trabalho, Dahlia 16.

– Eu trabalho pela glória da cidade – digo a ela. Mas, por dentro, estou inebriada de um orgulho tóxico. Os tomates são os meus favoritos e, evidentemente, eles gostam de mim tanto quanto gosto deles.

Quando a instrutora nos libera do período de trabalho-estudo, limpo a minha estação e guardo meus mantimentos, então me esgueiro até a sala da sementeira para checar minhas cenouras e beterrabas. Essa fileira de quase dois metros de plantas é só uma versão em miniatura daquela pela qual eu serei responsável quando me formar, mas aqui também minhas plantas se destacam, mesmo nos estágios iniciais. Contudo, as beterrabas de Olive 16 também parecem fortes.

A inveja é uma emoção infantil. A firmeza de nossa cidade depende da força de todos os seus integrantes trabalhando juntos – mesmo aqueles que só plantam verduras –, e será melhor para Lakeview se tanto Olive quanto eu formos boas em nosso trabalho.

Mesmo assim quero ser a melhor agricultora.

Tento afastar esse pensamento, mas não consigo expulsá-lo da cabeça. Quero ser melhor em tubérculos do que Olive, da mesma forma que eu queria ser melhor que todas as outras em grãos, vinhas e legumes. E não só pela glória de Lakeview.

Com um pouco de vergonha ou não, sinto certa satisfação quando meus produtos são obviamente os melhores da classe, mas não porque forneci os melhores alimentos que consigo produzir para a cidade. Fico satisfeita porque os melhores alimentos que consigo produzir são os melhores alimentos que qualquer um poderia produzir. É uma satisfação egoísta estranha.

Ser a melhor *é muito bom*.

Na sequência desses pensamentos traiçoeiros, percebo que fiquei olhando para as plantas de Olive por tempo demais. Quem quer que esteja monitorando as imagens da câmera viu minha inveja e percebeu que ela é motivada por orgulho.

Depressa, verifico o equilíbrio do pH da solução na bandeja de irrigação das minhas cenouras, então arrumo tudo e volto para a sala de aula.

Poppy está esperando por mim na porta para irmos juntas ao refeitório. Em vez do avental verde de jardinagem, com POPPY 16 bordado no centro, ela está usando agora o blusão verde de aula com POPPY 16 bordado sobre o coração, porque depois do almoço temos um período de quatro horas de teoria. Ela também está segurando o meu casaco, mas, antes que eu possa pegá-lo, Sorrel 32 se coloca no meu caminho.

Ela sorri para mim.

– Dahlia 16, a Administração gostaria de falar com você.

Minha garganta se fecha e quase não consigo respirar.

– Tenho certeza de que você não tem motivo para se preocupar – diz ela. – Talvez tenham notado aqueles belos tomates italianos!

Sorrel 32 é muito gentil, mas não sabe que eu observei as beterrabas de Olive 16 por tempo demais. Ou que a inveja talvez estivesse clara em minha expressão quando olhei para elas.

– Agora? – Minha voz sai sussurrada e fraca.

Ela faz que sim.

– Você receberá um visto de atraso, então terá tempo de terminar seu almoço com a próxima classe.

Eu vejo rostos que são diferentes do meu o tempo todo, mas nunca me sentei numa mesa cercada de pessoas que não se parecem exatamente comigo. Dessa forma, vou me destacar.

Um arrepio de nervoso percorre minha espinha com esse pensamento, mas não há dúvida de que vou obedecer à intimação da Administração.

Pego meu casaco com Poppy e ela parece estar quase tão ansiosa por ter de ir ao refeitório sozinha quanto eu estou por cruzar o gramado comunal sem companhia. As estudantes são encorajadas a permanecer juntas com suas idênticas para manter o senso de identidade e reforçar o propósito e a posição na estrutura da cidade.

Lakeview é composta de cinco Departamentos, cada qual com responsabilidades distintas. Eu sou uma estudante do Departamento de Força de Trabalho, que é dividido ainda nos setores de trabalho profissional e trabalho braçal. O Departamento de Artes se encarrega da música e da arte em Lakeview, incluindo os murais que enfeitam as paredes de todas as Academias e as esculturas espalhadas pelo gramado comunal em intervalos medidos com exatidão. O Departamento de Especialistas nos oferece funcionários de saúde, cientistas e engenheiros. O Departamento de Defesa treina soldados para a proteção e fortificação da cidade, e o Departamento de Administração assegura que tudo funcione no ápice da eficiência, com o mínimo de desperdício possível.

Eu faço minhas refeições, divido o beliche, trabalho e estudo com outras meninas do ano 16 da Divisão de Trabalho Profissional. E todas temos muita sorte de que existam tantas de nós. Tenho pena de algumas das unidades menores, porque poucos rostos que elas veem diariamente são parecidos com os delas. Deve ser difícil para elas saberem qual é o seu lugar.

Embora o barulho dos talheres e o ruído de conversa me convidem para o refeitório, sigo em direção aos elevadores. Quando entro no primeiro a se abrir, percebo que nunca estive num elevador sozinha. Sou a única que está deixando a Academia no meio do dia e, quando atravesso o saguão do primeiro andar, sinto-me estranhamente exposta e em evidência.

Do lado de fora, uma classe de jardineiros está ocupada tirando as flores do mês passado do canteiro amorfo que circunda a lateral da Academia, sob a supervisão de seu instrutor. Os jardineiros são meninos de pele clara com sardas e olhos castanhos, de cabelos castanhos curtos e ondulados. Os nomes familiares – Aspen, Linden, Oleander, Ash – costurados em seus uniformes, antecedem o número 13.

Para além dos canteiros, outro instrutor guia uma classe de meninas com pele escura e cachos volumosos por uma calçada curva que leva a um playground num extremo do gramado comunal. O movimento à direita chama minha atenção e, ao me virar, vejo quatro soldados altos da Defesa, vestidos de preto, patrulhando o gramado comunal em passos sincronizados. Para além deles, um carro preto lustroso desce a rua, seguindo por uma faixa larga especial pintada no chão, com aparência metálica, chamada de faixa de cruzeiro, que guia todos os veículos da cidade. No banco da frente, dois homens de terno – obviamente da

Administração – leem em seus tablets, clicando em menus e mensagens enquanto o automóvel os conduz ao trabalho.

Todo mundo tem um lugar onde estar e algo a fazer. Inclusive eu. Então engulo seco e me direciono para o caminho sinuoso que leva ao portão de saída da ala de treinamento.

Passei minha vida inteira na ala de treinamento, dividindo meu tempo entre a Academia de Força de Trabalho e meu dormitório – primeiro o jardim de infância, depois o primário, agora o dormitório secundário. E, embora eu esteja a menos de dois anos de me formar, nunca vi a ala residencial, onde minhas idênticas e eu viveremos como integrantes adultas do Departamento de Força de Trabalho. Na verdade, só estive fora da ala de treinamento duas vezes.

No portão, um soldado chamado Eckhard 24 observa enquanto eu estendo o braço sob um scanner. A luz vermelha passa sobre o código de barras no meu pulso e uma voz eletrônica lê as instruções que aparecem na tela.

– Dahlia 16. Siga para o Departamento de Administração.

– Você sabe qual é o prédio? – o soldado me pergunta.

– Sim.

Eu nunca fui ao Departamento de Administração, mas o vi uma vez. É o menor dos Departamentos, porque a liderança requer um pessoal relativamente pequeno. São tão poucos os estudantes treinando para serem administradores que a Academia deles tem apenas três andares.

Em contraste, a Academia de Força de Trabalho é o maior prédio de Lakeview. Tem de ser. Embora talvez existam apenas vinte meninas em toda a classe de administração do ano 16, há *cinco mil* estudantes de cursos profissionalizantes de 16 anos que têm o mesmo rosto que eu.

É por isso que é tão estranho deixar a ala de treinamento sem uma multidão delas ao meu redor.

O soldado pressiona um botão e o portão se abre com um ruído pesado de arrastar.

– Obrigada por seu serviço – digo enquanto deixo a ala de treinamento.

– Seu trabalho honra a todos nós – responde ele.

O portão desliza e se fecha atrás de mim, e relaxo um pouco enquanto passo pelo Centro de Agricultura Hidropônica, onde minhas idênticas e eu vamos trabalhar quando nos formarmos. Poppy espera que sejamos designadas para a unidade de grãos e gramíneas, porque é mais espaçosa, mas eu gostaria que fôssemos para vinhas e trepadeiras. Ou qualquer coisa exceto os tubérculos, na verdade.

Atrás do CAH ficam o Centro Médico e o Centro de Artes. Então chego à fileira bem organizada de escritórios dos Departamentos, no que deve ser o coração da cidade.

O Departamento de Defesa é um prédio de concreto sem características marcantes, baixo, com apenas dois andares, mas largo e profundo. O Departamento de Força de Trabalho é uma estrutura funcional de aço com janelas, e atrás dele fica o Departamento de Administração, uma torre estreita de vidro espelhado que reflete a luz do sol para o resto do mundo como se fosse a verdadeira fonte dessa energia vital.

Subo correndo as escadas da sede da Administração e estendo o pulso debaixo de um dos scanners do saguão. A luz vermelha se move sobre o código de barras no meu braço, e a mesma voz eletrônica lê as instruções na tela.

– Dahlia 16. Siga para o Conjunto 4C, sala 27. A administradora de agricultura Cady 34 a espera.

Entro no elevador mais próximo, no qual minha imagem olha para mim nas portas espelhadas e, por um segundo, sinto a companhia do meu reflexo. Quando a porta se abre no quarto andar, entro num saguão de piso branco onde uma placa me dirige para a esquerda, para o Conjunto C, que abriga a Unidade de Administração da Agricultura.

Bato à porta onde está escrito 27, e uma voz feminina pede para eu entrar.

Cady 34, assim como todas de sua Divisão, obviamente, é uma mulher baixinha de pele parda e olhos negros.

– Sente-se, Dahlia 16. – Ela aponta para as duas cadeiras em frente à sua mesa.

Eu me sento na da direita, com as palmas das mãos escorregadias, suando de nervoso.

– Sua instrutora me disse que sua produção está sempre entre as melhores, não só da sua classe, mas de todo o seu setor.

Pisco, surpresa. Sorrel 32 com certeza está satisfeita com meu trabalho, mas nunca é aconselhável se destacar demais, mesmo que por um bom motivo. Qualquer coisa que fuja da norma ameaça a eficiência do sistema como um todo.

– Sorrel 32 nomeou você para ser considerada como futura instrutora. Ela acredita que suas habilidades poderão beneficiar mais a cidade se você ensinar os outros a produzirem alimentos com qualidade melhor do que os produzidos atualmente. Você concorda?

Não me lembro de nenhum adulto ter pedido minha opinião até então. Isso é um teste. Deve ser.

Meu coração acelera. Não sei qual é a resposta certa.

– Não é uma pegadinha, Dahlia 16. – Mas Cady 34 não está sorrindo nem tampouco faz qualquer esforço para me deixar à vontade. – Você acredita que pode servir melhor a Lakeview como instrutora? Você quer se tornar uma instrutora?

Se eu *quero*...?

Que pergunta estranha.

Selecionar-me como instrutora é a única forma pela qual a cidade de Lakeview vai reconhecer meu trabalho duro e habilidade superior. Mas, em vez de plantar tomates, cenouras ou morangos na companhia de minhas colegas, passarei o resto da vida cultivando outros agricultores. Sozinha.

É isso que eu quero?

Cady 34 nota minha indecisão.

–Você não precisa responder agora. Mas deve saber que não é a única que está sendo avaliada para esta vaga.

A surpresa toma conta de mim e me endireito na cadeira.

– Quem mais vocês estão observando? – É Olive 16. Sei que é.

Cady 34 franze a testa e percebo que não devo me preocupar com quem mais eles estão considerando. Não é uma competição. O que importa é que a Administração escolha a pessoa cuja instrução para os futuros agricultores mais beneficie a cidade de Lakeview. Quer eu seja essa pessoa ou não.

– Dahlia, enquanto seus esforços continuarem a glorificar a cidade, você tem uma boa chance de ser escolhida como instrutora. Mas a cidade de Lakeview não tem espaço para ego ou orgulho próprio, e a Administração não recompensará nada disso colocando você numa posição de autoridade e instrução de jovens mentes. Você é apenas um pixel entre os milhares necessários para formar uma imagem clara, então precisa se concentrar nessa imagem geral. Se sua arrogância for considerada uma falha genética, a Liderança não terá escolha a não ser recolher todas... – ela olha para alguma coisa na tela de seu tablet – ... as cinco mil espécimes do seu genoma. Você entende o que isso significa?

O medo pesa como se eu usasse sapatos de ferro. Faço que sim com a cabeça. Recolher meu genoma significaria eliminar todas as meninas da minha Divisão.

Cinco mil corpos, todos com meu rosto.

Entro no elevador atordoada. As portas se fecham e ele começa a subir, porque estou tão perdida com esse novo medo que me esqueço de apertar o botão do térreo.

O número dos andares só aumenta enquanto pressiono o botão do T, mas ele não acende nem o elevador muda de sentido. Alguém deve tê-lo chamado.

A subida termina no 10º andar e, quando as portas se abrem, um cadete do Departamento de Defesa entra. O nome bordado em branco em seu casaco preto diz TRIGGER 17. Ele está a poucos meses de começar sua vida como um soldado adulto.

– Obrigada por seu serviço – digo quando as portas se fecham, porque isso é tudo que um trabalhador profissional tem permissão de dizer a um cadete ou soldado.

– Seu trabalho honra a todos nós – ele responde. Então aperta o botão T.

O elevador começa a descer e lanço um olhar furtivo para ele, porque nunca vi seu modelo genético de perto, e o geneticista que criou esse genoma certamente trouxe glória à cidade com aquele projeto.

Trigger 17 é alto, com a pele alguns tons mais escura que a minha e olhos como o céu noturno, escuros e brilhantes. Suas características têm uma força e simetria agradáveis. Acabo de notar que o cabelo do cadete forma cachos em volta de sua orelha esquerda quando o elevador range e para num solavanco, me fazendo perder o equilíbrio.

Tropeço e caio contra a parede. As luzes se apagam.

Estou presa num elevador quebrado com Trigger 17.

DOIS

UM SOM DE PÂNICO PASSA PELA MINHA GARGANTA. Pisco, mas a escuridão não desaparece. Minhas mãos encontram a parede, buscando algo a que agarrar, mas este elevador não tem barra de apoio. Se ele cair, não vou ter onde me segurar para reduzir o impacto.

O ar entra e sai rápido dos meus pulmões. Escorrego pela parede e me sento no chão. Não consigo enxergar nada, então abraço meus joelhos contra o peito e tento permanecer calma. Vão nos resgatar. Vão consertar o elevador e a luz vai se acender. É apenas uma pane simples.

O chão despenca alguns metros. Grito enquanto sou erguida no ar e depois lançada no chão com força suficiente para machucar o cóccix. Meus dentes batem, cortando meu grito; do outro lado do elevador há um baque mais forte de impacto, seguido por um gemido assustado do cadete.

Não consigo respirar. Será que já respiramos todo o ar do elevador ou há algo de errado com meus pulmões?

E se o elevador cair de novo? E se ele cair até o térreo? As matérias acadêmicas dos agricultores não incluem muita física ou anatomia humana; não tenho ideia do que esperar de uma queda dessa magnitude.

Tento respirar fundo, mas só um chiado fraco escapa da minha garganta. Estou em pânico, obviamente, e essa percepção leva a uma certeza assustadora: a Administração não vai querer uma instrutora que tende a entrar em pânico durante emergências. Como eles poderiam confiar que eu acalmasse e liderasse uma sala cheia de crianças durante uma crise se não consigo nem me conter?

Minha garganta está fechando, e não sei como abri-la. Esqueci como...

– Respire. – A voz do cadete ecoa pelo elevador silencioso.

Chocada, posso apenas olhar para a escuridão em sua direção. Seu conselho acrescenta mais uma camada de ansiedade ao meu medo deste espaço confinado e sem luz. Não temos permissão para conversar com integrantes de outros Departamentos além das saudações prescritas e de qualquer comunicação exigida para realizar uma tarefa conjunta.

Trigger 17 está violando a diretriz de confraternização.

Ele deve ter algum defeito.

O pensamento faz com que um arrepio percorra minha pele. De repente, o elevador parece ainda menor e mais escuro que antes. Mais apertado, de alguma forma, como se não houvesse espaço suficiente para meus pulmões se expandirem.

– Você tem que se acalmar, senão vai hiperventilar. É isso que eles ensinam na Academia de Força de Trabalho? – pergunta o cadete com voz suave. – Como entrar em pânico até desmaiar?

É claro que não!

A indignação corta meu medo, mas não sei como responder sem transgredir a regra. Nem consigo entender por que quero tanto responder. Será que esse impulso é um sinal de um defeito no meu genoma?

– Você não precisa dizer nada. Eu sei que a Força de Trabalho não aprende a se arriscar – diz ele. Mas ele não pode ter certeza disso, não mais do que eu sei sobre o que ensinam aos cadetes da Defesa. Mesmo que ele esteja certo.

Quero que ele pare de falar. Quando a Administração descobrir que ele violou a diretriz de confraternização, pode achar que eu também a violei. Porque ele continuaria falando se não tivesse nenhuma resposta?

Será que dizer para ele parar de falar seria uma violação ou a Administração consideraria isso uma comunicação necessária? Não sei, e a possibilidade de eu ser considerada culpada por associação faz com que eu sinta que não só o elevador, mas o mundo inteiro está se fechando sobre mim.

Estou respirando rápido demais de novo.

– Tudo bem. Apenas se acalme e escute. – Ouço o esfregar de roupas quando ele muda de posição do outro lado do elevador. – Concentre-se no som da minha voz e você ficará bem.

Sua voz.

Eu gostaria de não a estar ouvindo, mas... É muito mais baixa e suave do que a voz dos meninos do meu Departamento. Eu a acho estranhamente agradável.

– Quando eu era Trigger 7, um menino chamado Mace 7 me prendeu num depósito apertado durante uma visita ao Departamento de Defesa. O espaço era escuro, tinha um cheiro estranho e devia haver um ar-condicionado por perto, porque tudo o que eu conseguia ouvir era o ruído do motor e o assovio do ar passando através de um duto de ventilação enorme. Tentei gritar por socorro, mas ninguém podia me ouvir com aquele barulho. A princípio, eu só queria ficar encolhido no canto. Mas isso seria um comportamento inadequado para um futuro soldado.

Posso imaginar isso – um jovem cadete da Defesa sozinho no escuro, determinado a seguir seu treinamento apesar do medo – e quero ouvir mais. Talvez porque nunca nenhum cadete tivesse falado comigo. Talvez porque eu nunca tenha considerado de verdade como é a vida para os integrantes de outro Departamento. Mas provavelmente porque a voz de Trigger 17 é cativante. Ela demanda atenção.

Sei que, para seu próprio bem, ele deveria parar de falar, porém eu queria que ele continuasse.

– Fiquei lá por horas – prossegue Trigger no escuro e, como não posso vê-lo, é quase como se esse momento não estivesse acontecendo de verdade. Como se eu o estivesse imaginando. – Fui treinado para encontrar uma solução criativa para uma situação impossível, e foi o que tentei fazer. Abri todas as caixas, mas dentro delas só havia papel. Eu as empilhei para tentar alcançar o duto de ventilação na parede, mas ele ficava muito alto. Tentei tirar os pinos das dobradiças da porta, uma missão impossível sem ferramentas.

Ouço, fascinada, e é como se eu estivesse com Trigger 7 naquele depósito, tentando resgatar a mim mesma com métodos que nenhuma Dahlia 7 jamais teria imaginado. Métodos que nenhuma Dahlia, Poppy ou Violet jamais aprenderam.

– Ninguém percebeu a minha ausência até que sobrou uma bandeja no jantar, e mesmo assim levou tanto tempo para eles me encontrarem que pensei que, quando alguém finalmente abrisse a porta, seria recebido pelo meu cadáver carcomido.

Sinto um aperto no peito ao pensar que podemos ficar presos neste elevador por horas. Que nossa ausência pode não ser notada.

– Meu ponto é que alguém *foi* lá e, quando meu instrutor enfim abriu a porta, não encontrou um cadáver magro nem uma criança chorando. Ele encontrou um cadete em estado de alerta, recitando tudo o que aprendeu em classe naquela semana entre séries de polichinelos.

Ele continua:

– Vão nos encontrar muito mais rápido do que me encontraram naquele dia, porque não levará muito tempo para alguém perceber que o elevador não está funcionando. E, quando abrirem as portas, o que vão encontrar será Dahlia 16, recomposta e recitando com confiança uma lista de árvores perenes apropriadas para cultivo em climas quentes. Ou o que quer que ensinem a vocês, agricultores.

Ele guardou meu nome. Fico surpresa com o calor nas minhas bochechas.

Então solto uma risada alta quando compreendo o que ele disse.

– Agricultores hidropônicos não plantam... – Cubro rapidamente a boca com as duas mãos, e meu rosto fica ainda mais quente com a culpa por minha infração.

– A eletricidade caiu, então as câmeras não funcionam – ele disse. – E eu não vou contar nada.

Mas não é essa a questão. A única forma de a sociedade funcionar de modo eficiente é mediante a divisão de deveres e pessoal em esferas distintas e independentes. Aprendemos isso antes mesmo de termos idade para andar. Nada de bom pode resultar da minha conversa com Trigger 17.

De alguma forma, porém, estou respirando normalmente agora. Sua história me distraiu do elevador escuro e da possibilidade de queda e morte.

A luz volta e eu solto o ar. Então percebo que a luz é muito fraca e amarelada.

– Luzes automáticas de emergência. – Trigger aponta para o canto sobre a minha cabeça, e me viro para olhar. – A câmera ainda está desligada.

Não há nenhuma luz vermelha indicando seu funcionamento.

Minha atenção passa da câmera para o rosto dele, mas não percebo que o estou observando até que seu olhar encontra o meu. Seus lábios se viram num pequeno sorriso e sua sobrancelha esquerda se levanta.

Desvio o olhar, com o rosto ardente de novo, e Trigger dá risada.

– Não há nenhuma regra contra olhar. – No canto do meu campo visual, vejo-o dar de ombros. – Eu vou olhar.

Meu rosto está pegando fogo agora, mas não posso impedi-lo de olhar para mim. Sequer tenho como pedir para ele parar de me olhar sem infringir uma regra. Assim, me faço de forte e o encaro.

Ele tem grossas sobrancelhas pretas e cílios longos. Um nariz reto. O maxilar é quadrado e os lábios, generosos. E é neles que meu olhar se prende. Não consigo desviar o olhar de sua boca e não faço ideia do porquê.

– Você é bonita, Dahlia.

Franzo a testa e volto a atenção para seus olhos. "Bonita" não é um conceito que se aplica às pessoas. Há beleza no arco gracioso de uma vinha delicada ou na perfeição redonda de uvas prontas para serem colhidas. Há beleza na margem irregular do lago que dá nome à nossa cidade e na explosão de cor que toma conta do céu ao pôr do sol.

A natureza está repleta de beleza, mas nós não fomos feitos pela natureza. Fomos feitos pelos geneticistas – cientistas do Departamento de Especialistas, que sabem como montar o DNA humano como um pedreiro monta prédios, juntando cuidadosamente os componentes necessários até que o resultado tenha a forma e a função desejadas.

Forma.

Agora entendo. Não sei se a palavra "beleza" pode ser aplicada ao meu genoma, mas de repente o termo parece feito só para descrever o dele.

Mas ele não pode receber as honras por suas feições, uma vez que elas não pertencem só a ele, então para que fazer um elogio desses? O calor das minhas bochechas desce até meu pescoço só com a ideia de expressar meus pensamentos. Não poderia haver uma violação mais sem sentido da diretriz de confraternização do que gastar palavras proibidas dizendo a Trigger como eu acho agradáveis os traços do seu rosto.

Mas ele acaba de me dizer exatamente isso.

Ele olha de novo para o nome bordado no meu casaco.

– Dália é uma flor, certo?

Na verdade, dália é um gênero de planta tuberosa que compreende muitas espécies diferentes. É um gênero muito diverso, que apresenta uma ampla variedade de tamanhos, cores e tipos. E, sim, muitas dessas plantas produzem flores. Ele já passou por centenas delas todos os dias durante o mês passado, desde que uma das salas de jardinagem as plantou no canteiro do lado leste do dormitório secundário.

Mas não posso lhe dizer nada, então apenas faço que sim. Isso não é confraternizar, certo?

– Você sabe o que é um "trigger"? – ele pergunta, e eu balanço a cabeça. – É um gatilho, a parte móvel pela qual um mecanismo é acionado. Na maioria dos contextos, a palavra se refere à parte da arma que você puxa com o dedo, para disparar uma bala. E naquele outro contexto – ele sorri e dá de ombros – se refere a mim. Sou Trigger.

Fico paralisada. O nome dele vem da parte de uma arma usada para matar pessoas. O que é apropriado para um cadete, já que ele próprio é uma arma que pode ser usada para isso. Mal posso imaginar como suas aulas devem ser diferentes das minhas. Eu aprendo a nutrir a vida e ele aprende a tirá-la.

Nenhuma das minhas idênticas jamais me trancaria num depósito. Nem mesmo Calla, que parece mais um espinho do que uma flor. Será que as coisas são assim tão diferentes no Departamento de Defesa?

– Você disse que é uma agricultora hidropônica? – pergunta Trigger, e franzo a testa ao lembrar que na verdade falei com ele. – Então, o que você mais gosta de plantar? Frutos? Hortaliças?

Hesito, porque tecnicamente os termos "frutos" e "hortaliças" não são opostos. Um fruto é a parte comestível de uma planta, que carrega sementes, e uma hortaliça é qualquer parte de uma planta comestível, inclusive os frutos, que pode ser servida numa refeição salgada.

Mas nenhum cadete teria motivo para saber disso.

Trigger ri da minha incerteza.

– Uma coisa que se encaixa nas duas categorias? Deve ser tomate.

Ele parece convencido. Claramente não faz ideia de que acertou em cheio, porque muitos alimentos se encaixam nas duas categorias. Mas ele está certo, então balanço a cabeça.

– Também gosto de tomates. E de nozes. Minhas favoritas são as pecãs e as nozes comuns.

Dou risada, porque nenhuma delas é uma noz de verdade. Elas são sementes.

– O que é tão engraçado? – ele pergunta, e eu quero *mesmo* responder. Mas, se a Administração quisesse que ele soubesse a diferença entre nozes, sementes e grãos, o teria clonado de um genoma diferente. Tudo o que Trigger 17 precisa saber sobre sua comida é se ela é gostosa e quanta energia fornece.

Ele estreita os olhos.

– Tudo bem, você pode ser uma especialista em plantas, mas já comeu uma noz direto do chão? Ou um pêssego colhido da árvore? Porque é isso que fazemos quando saímos em patrulha ou em jogos de guerra.

Sinto a inveja queimar meu peito. Venho plantando alimentos minha vida inteira, mas *nunca* permitiram que eu experimentasse uma verdura sequer antes que os cozinheiros em treinamento a cortassem, fervessem e a servissem toda murcha e quase sem gosto na minha bandeja no refeitório.

– Você está treinando para ser um cozinheiro de campo? – Nós aprendemos nas aulas que os soldados precisam ser capazes de cozinhar para si nas missões de longa duração.

Trigger ri.

– Não. Sou da Divisão de Infantaria, Seção das Forças Especiais.

Ele pode colher frutas direto da árvore. De repente, minha inveja se transforma numa explosão de raiva. Ele não tem ideia do que é fazer uma planta crescer a partir de uma única semente. Manter o pH da água balanceado. Podar, replantar e cuidar. Por que ele teria o direito de experimentar os alimentos direto da fonte se eu não posso?

– Dahlia? Desculpa. Não tive a intenção...

– Qual é o gosto de um tomate? Direto da vinha? – Só percebo que fiz a pergunta em voz alta quando Trigger 17 ergue as sobrancelhas.

Ele dá de ombros.

– Nunca encontrei tomates na floresta, mas já comi espinafre tão fresco que foi preciso lavar a terra dele no riacho. Comi cebolas silvestres, cenouras, batatas-doce e várias abóboras.

Sou uma *tempestade* de inveja, pronta para chover rancor sobre ele. Como é que um soldado treinado para não fazer nada mais complicado com a comida do que comer pode ter muito mais experiência com os alimentos do que eu?

Sei que a Administração tem seus motivos para fazer a cidade funcionar assim, e sei que não cabe a mim entendê-los. Mas não consigo perceber como isso pode fazer sentido.

Começo a sentir calor no elevador, e Trigger desabotoa os punhos de seu casaco para enrolar as mangas. Minha atenção se prende na pele recém-exposta e arregalo os olhos.

– Parece que você quer me perguntar alguma coisa – diz ele, e sei, pela forma como ele está exibindo o braço, que ele prevê exatamente o que quero perguntar.

Mas estou começando a entender por que a confraternização é contra as regras. Não posso me permitir falar sem inibições, mesmo aqui, onde não há ninguém para ouvir. E se eu não conseguir parar de falar com ele depois de começar?

– Você já falou comigo – diz ele. – Parar agora não faz sentido.

Ele está certo. E não consigo resistir.

– O que aconteceu com seu braço? – pergunto, observando a longa cicatriz recortada na pele abaixo do seu cotovelo.

Trigger continua atento ao meu rosto.

– Eu me cortei tentando evitar uma facada. Parece feio, mas não houve nenhum dano permanente em nervo ou músculo.

Entendo vagamente o significado disso. O que entendo é que não há duas cicatrizes iguais. Se Trigger 17 tirasse o casaco que leva seu nome, eu ainda seria capaz de identificá-lo com um só olhar.

– Então você se destaca. – Os agricultores não têm cicatrizes que os distingam, a menos que alguma coisa dê terrivelmente errado, o que não aconteceu desde que me entendo por gente, e a ideia de ser tão diferente me deixa perturbada. – Você é diferente dos seus idênticos. – Será que isso significa que ele não é mais um idêntico?

Se for assim, o que ele é?

A Administradora não tem idênticas, porque quando ela chegou à sua posição como chefe da Administração, seu genoma foi retirado de circulação – uma honra rara e extraordinária. Mas todo mundo é um entre muitos. Uma parte do todo. E é assim que deve ser.

Trigger dá de ombros.

– A maioria dos cadetes tem cicatrizes quando é promovida ao ano 13 – explica ele. – Então, somos todos iguais, uma vez que somos todos um pouco diferentes.

Meus olhos se fecham enquanto tento compreender aquela ideia. Os soldados são *todos* diferentes de seus idênticos. Eles se encaixam *porque* são diferentes.

É tão maluco que quase faz sentido.

– Alguma outra pergunta? – diz Trigger, trazendo meus pensamentos de volta do lugar para onde tinham divagado. – Talvez fiquemos presos aqui por um bom tempo.

– O que aconteceu com Mace 7? – pergunto. – Como ele foi punido?

– Ahn… Acho que ele teve de limpar o chão do dormitório inteiro por um mês. Ou talvez os banheiros. Essas são as punições mais comuns na nossa Academia.

Há punições *comuns* na Academia de Defesa? Posso contar em uma mão o número de vezes que uma menina da minha Divisão precisou ser punida.

Por um momento, só consigo olhar para Trigger.

– Por que…

Mas então as luzes de verdade voltam, cegando-nos com seu brilho súbito. Eu me levanto enquanto o elevador balança e se coloca em movimento, descendo suavemente em direção ao térreo. Um olhar para a câmera sobre nossas cabeças confirma que ela está funcionando. Não posso fazer a Trigger 17 minha última pergunta, e provavelmente nunca saberei a resposta.

Sequer ouso fitar seus olhos.

Quando a porta se abre, somos saudados por uma pequena multidão de integrantes da Administração, de ternos pretos e saias, e mecânicos de macacões cinza. Cady 34 parece aliviada ao me ver inteira, mas o rápido relance de seu olhar em direção a Trigger 17 é revelador. Ela sabe que ficamos presos no escuro, sozinhos, por quase uma hora, com nada além do medo para alimentar nossos estômagos vazios e mentes divagantes. Mas não há provas de que transgredimos qualquer regra.

– Seu trabalho honra a todos nós – diz Trigger, gesticulando para que eu o siga para o saguão, e sua voz é o exemplo do distanciamento profissional. Não há nem sinal do menino que arriscou levar uma punição para me distrair do terror e do pânico.

Eu o cumprimento com a cabeça de um jeito formal e tento seguir seus passos, embora minhas entranhas estejam se torcendo de medo e meus pulmões pareçam prestes a explodir com um entusiasmo estranho e vigoroso.

Nós temos um segredo.

Durante toda a minha vida, nunca tive um segredo mais importante do que ter visto Iris 5 pegar uma bolacha a mais da bandeja de lanches no dormitório primário.

Mesmo que eu nunca mais veja Trigger 17, sempre teremos esse segredo compartilhado. Estou tensa por saber que infringimos uma das regras mais importantes e que ninguém faz ideia. Ou, pelo menos, ninguém pode provar nada, ainda que suspeite.

Não sei o que fazer com essa informação além de engoli-la e deixar que ela me aqueça por dentro. É o que faço.

– Obrigada por seu serviço. – Piso no saguão e Cady 34 me conduz para longe do elevador, dando-me instruções sobre como almoçar depois do horário e recuperar o tempo de aula perdido. Enquanto ela me acompanha em direção à porta da frente do Departamento de Administração, olho para trás e vejo Trigger parado, sozinho. Ele é um cadete e os cadetes devem ser independentes e criativos. Ele terá de ir atrás do próprio almoço.

Talvez ele colha pêssegos e desenterre cenouras que crescem na floresta.

Seu olhar encontra o meu e ele sorri – uma curvatura minúscula nos lábios que não hesito mais em rotular de belos. Então ele se vira e caminha na direção oposta, e sei que, embora eu talvez veja seu rosto por toda a cidade pelo resto da minha vida, provavelmente nunca voltarei a ver Trigger 17.

TRÊS

ACORDO COM UMA ESTRANHA DOR no peito e o rosto de Trigger 17 gravado na parte interna das minhas pálpebras e, embora eu tenha acordado na mesma cama desde o dia em que fui promovida a Dahlia 11, por um momento não tenho ideia de onde estou. Então Poppy aparece na minha frente, debruçando-se sobre mim do outro lado do beliche. Sua mão está no meu ombro. Ela me olha com censura e, quando vejo que já está vestida, entendo o motivo.

Perdi a hora. De novo.

– Dahlia, nós vamos nos atrasar – ela repete e eu praticamente me jogo da cama. Uma futura instrutora nunca se atrasaria.

– O que está acontecendo com você? – Violet pergunta enquanto tiro um vestido cinza do guarda-roupa compartilhado. Todos os nossos vestidos, camisas e calças são iguais porque a produção em massa é eficiente e todas temos o mesmo tamanho. A única variação é nos casacos e aventais, que têm nossos nomes bordados. – Você está distraída há dias.

Há oito dias, para ser exata. Desde o dia em que fiquei presa no elevador.

– Só estou com dificuldade para dormir.

– Você deveria falar para a Saúde – diz Sorrel, do banheiro, limpando um pouco de pasta de dente do queixo.

Mas a Saúde não pode saber a fonte dos meus sonhos ou o medo de que meu segredo seja descoberto e, quanto mais penso sobre isso, minha violação da regra de confraternização parece mais temerária.

Mesmo meu medo matinal por causa do ocorrido não consegue diminuir a excitação que percorre a minha espinha toda vez que penso que fiquei trancada no elevador com Trigger 17. Toda vez que vejo seus idênticos marchando no gramado comunal ou correndo em grupo. Não sei o que é esse sentimento. Não entendo por que minhas mãos de repente parecem tão vazias. Por que tento tocá-lo nos meus sonhos.

– Não há nada de errado – insisto enquanto visto o vestido. – Só tive um pesadelo.

– É a Administração? – Poppy alisa seus cabelos castanhos ondulados para trás e os prende com um elástico. – É sobre seu encontro com Cady 34?

– Talvez. – Coloco meu pijama no tubo da lavanderia embutido na parede, onde ele escorrega até o porão para que estudantes da Divisão de Trabalho Braçal lavem, sequem e dobrem as roupas. – Foi tenso ser chamada lá sozinha. – Tecnicamente, não é uma mentira. – Só estou...

Violet e Sorrel fazem uma pausa em suas rotinas matinais e olham para mim enquanto meu pensamento acaba num silêncio.

– Ela está nervosa. – Poppy entra no banheiro e deixa a água cair sobre sua escova de dente. – Porque está sendo considerada para a função de instrutora.

Sorrel fica boquiaberta. As sobrancelhas de Violet se contraem sobre seus olhos castanhos espremidos.

– Desculpe – digo. – Não queria contar para vocês; pode ser que eu não consiga.

A testa de Violet se enruga ainda mais.

– Mas você contou para Poppy.

– Ela me conta tudo. – Poppy liga sua escova de dente elétrica e a coloca dentro da boca, deixando-me sozinha para sair dessa enrascada.

– Eu não conto *tudo* para ela. Além disso, Violet, você não me contou quando Calla...

– Conte para nós o que você não contou para Poppy! – sussurra Sorrel, afundando-se na cama de baixo do beliche para calçar seus sapatos.

– Não foi isso que eu quis dizer. Não tenho nada para contar. – Começo a pensar que sou uma péssima mentirosa, e pela primeira vez na vida essa perspectiva me incomoda.

Sorrel me olha com atenção e, por um segundo, penso que ela vai insistir. Então Violet joga um sapato nela.

–Vamos! Não vou me atrasar só porque ela não consegue levantar da cama no horário!

Sorrel se levanta, relutante.

– Podem ir – diz Poppy. –Vou fazer Dahlia se apressar e nós as encontraremos no refeitório.

Logo que a porta se fecha atrás de nossas idênticas, Poppy se vira para mim.

– É o menino? Você sonhou com ele de novo?

Não contei para mais ninguém sobre Trigger 17. Não *posso* contar para mais ninguém. Sorrel está legitimamente preocupada comigo, mas ela conta tudo para Violet, que gosta de atenção. Ela vai contar para todo mundo.

– Sim. – Deixo a água correr na minha escova de dente e me encaro no espelho. Eu pareço a mesma, mas com alguma *sensação* diferente. Não consigo tirá-lo da minha cabeça. – Não entendo – digo para Poppy enquanto espremo a pasta de dente na escova. – Não sei o que me fez falar com ele. E não consigo entender por que o vejo toda vez que fecho os olhos. Bem na parte interna das minhas pálpebras. Sorrindo. – Tem alguma coisa em seu sorriso. Ele me causa uma sensação estranha e indefinida no fundo do estômago.

– Isso parece estranho. – Poppy pega um par de meias na minha gaveta e o coloca, dobrado, dentro do meu sapato esquerdo. – Nós vemos meninos o tempo todo, e nunca sonhei com um. Eles não são mais interessantes que nossas idênticas. São menos até, na verdade.

– Eu sei. – Mas Trigger é diferente dos meninos da classe de agricultura hidropônica do ano 16. – Poppy. – Eu me viro na direção dela com espuma de pasta de dente nos cantos da boca. – Ele é... bonito. – Não sei como explicar de outra forma. – E é *perigoso* – sussurro, no caso de a câmera do nosso quarto conseguir captar o áudio do banheiro.

O reflexo de Poppy no espelho para de se mexer.

– Por que você está dizendo isso como se fosse uma vantagem?

– Não sei!

Ela baixa o tom da voz e me olha com uma expressão de censura no espelho.

– Ele *falou* com você, Dahlia.

– Sei disso. – Deixo a água correr na pia, para camuflar o áudio.

– Ele a colocou em risco. Ele colocou *todas nós* em risco.

– Eu sei, e ele me deixa *morrendo de medo*. Mas, ao mesmo tempo, pensar nele faz com que eu sinta que estou no fim de uma corrida de revezamento. Como se todo o meu corpo estivesse vivo e me faltasse ar.

O olhar se censura de Poppy se intensifica.

– Dahlia, acho que você pode estar doente. Isso parece algum tipo de vírus.

– Não estou doente – sussurro enquanto atravesso o quarto para calçar minhas meias e sapatos. Mas algo está definitivamente errado. Ou, pelo menos, diferente.

– Dahlia! – Poppy sussurra num tom sério enquanto se senta na cama ao meu lado. – Você *falou* com ele!

Não tem por que eu negar isso. Ela me conhece muito bem.

– Não pude evitar. A luz tinha acabado, então as câmeras estavam desligadas e ele era tão *interessante!* Ele não pensa nas coisas do mesmo jeito que nós. Éramos como duas pessoas paradas em cantos opostos da mesma sala: os dois veem as mesmas coisas, mas de perspectivas diferentes. – Quero saber o que mais ele vê. Quero saber *como* ele vê as coisas. Quero saber por que ele vê as coisas de um jeito tão diferente do meu.

Quero saber *tudo*.

– Está bem, mas não podemos mais falar sobre isso – diz Poppy enquanto amarro meu sapato. – Nunca mais. É perigoso, Dahlia.

– Eu sei. Desculpe ter te enfiado nesta situação.

Ela dá de ombros.

– Estou nisto de qualquer jeito. Todas nós estamos. – Porque o que uma idêntica faz afeta a todas as outras. – É por isso que você não pode contar para mais ninguém.

– Eu sei. – E a verdade é que não quero contar. Este é o *meu* segredo. Pode ser o único que terei na vida.

Poppy e eu cumprimentamos nossas idênticas no refeitório. Dou uma garfada nos ovos mexidos e olho para a multidão por hábito, procurando Dahlia 17. Eu a encontro facilmente; ela sempre se senta no mesmo lugar. Suas colegas de quarto são Violet, Sorrel e Poppy da classe do ano 17, mas ela parece ser mais próxima de Iris e Rose. Eu gostaria de poder ouvir o que elas estão falando. Elas estão a apenas alguns meses de entrar para a força de trabalho no ano 18, e estou morrendo de curiosidade de saber que técnicas hidropônicas avançadas elas ainda precisam aprender, quais lampejos da vida como adultas elas já enxergam.

Em breve eu mesma saberei disso logo, mas a paciência nunca foi uma das minhas virtudes. Poppy diz que minhas plantas devem sentir a mesma coisa e é por isso que elas ficam maduras tão rápido. Não sei se isso é verdade, mas não consigo me livrar da sensação de que, assim como as plantas que elas cultivam, minhas amigas não têm pressa para ver ou experimentar qualquer coisa nova. Elas nunca parecem pensar sobre o futuro ou sobre o que ele pode trazer.

Não consigo entender por que me sinto tão diferente ou por que encontrar Trigger 17 enfatizou todas essas diferenças. Mas sei muito bem que não devo perguntar.

Por semanas, vejo o rosto de Trigger 17 por toda parte e não consigo concluir se essa nova frequência é real ou imaginada. Provavelmente vi seu genoma durante toda minha vida, mas nunca tive motivos para prestar atenção. Agora, toda vez que vejo uma formação de cadetes do ano 17, meu olhar me trai. Estou perdendo o foco. Durante a prática esportiva, meus chutes no futebol vão para todo lado. Deixo cair o bastão de revezamento. Perco a conta de quantas mudas deveria inventariar.

Então, numa tarde quente de outono, mais de três semanas depois que fomos resgatados do elevador quebrado, saio do dormitório secundário entre Poppy e Sorrel e fico atordoada ao ver Trigger 17 marchando em formação com um esquadrão de doze cadetes.

Sua cabeça vira levemente e ele me vê.

Quase tropeço e sinto um aperto no peito. Sei que é ele sem ter de checar seu nome. Posso ver pela forma como o olhar dele se demora. No sorriso sutil que ele dá. Na trança vermelha sobre seu ombro.

Como eu não tinha percebido que a maioria dos cadetes não usa a trança?

Cada um dos seus colegas de classe usa uma mochila pesada o bastante para deixar marcas nos ombros. Suas botas estão enlameadas e seus uniformes estão sujos de terra e eles parecem cansados. Eles obviamente vêm de algum tipo de missão de treinamento fora da cidade.

Poppy acompanha meu olhar antes que eu perceba que estou olhando fixamente.

– O que há de errado? – ela pergunta.

– Nada. Eu... Você sabia que eles podem comer raízes colhidas direto do solo?

– Quem? – Sorrel sussurra, olhando para nós por sobre o ombro.

– Os cadetes da Defesa. Sabem que eles têm que fazer sua própria comida quando estão na floresta, certo? – pergunto, e minhas colegas concordam. – Eles não levam comida. Comem o que encontram no caminho. O que cresce na floresta.

– Como você sabe disso? – Sorrel quer saber.

Poppy me lança um olhar de advertência, mas já sei que falei demais. Dou de ombros.

– Ouvi em algum lugar.

– Antes eles do que nós – diz Sorrel, mas acho que ela está errada. Eu sei que nós plantamos alimentos de forma mais eficiente do que se plantássemos no solo, e sei que nossas variedades criadas especialmente são mais resistentes e saudáveis do que qualquer uma encontrada na natureza. Ainda assim, eu gostaria de ver como as coisas costumavam ser. Como elas ainda são fora da cidade.

– Aquela classe não é um pouco pequena para a Defesa? – Violet sussurra atrás de Poppy.

– Eles são das Forças Especiais. – Tão logo que as palavras saem, desejo guardá-las de volta na minha boca. Eu não deveria saber nada sobre a Defesa. Então improviso. – Tudo que é especial é produzido em quantidades limitadas. Como os geneticistas.

– Ouvi dizer que os geneticistas são clonados em grupos de dez – acrescenta Piper, e sorrio para ela, agradecida pela mudança de assunto. – E sua educação é tão intensa que eles só se formam no ano 25.

– Ouvi que há apenas *seis* em uma classe – diz Violet. Ela sempre discorda. – E eles só terminam a escola quando estão no ano 30. Eles são os idênticos mais elitistas do mundo.

Tenho certeza de que os cadetes das Forças Especiais são tão elite quanto os geneticistas, mas deixo que a afirmação dela prevaleça, porque ninguém mais está prestando atenção no esquadrão de Trigger, exceto eu.

Pergunto-me para onde eles seguiram fora da cidade e o que fizeram. Fico pensando no cheiro do ar na natureza. As plantas no nosso laboratório de agricultura cheiram tão bem que sempre me deixam com fome, mas nunca senti o cheiro delas no ambiente natural, onde os perfumes ficam livres para se misturar com outros aromas naturais.

Antes que eu perceba, chegamos à baía de entrega, atrás da Academia de Força de Trabalho, onde carrinhos de suprimentos para plantio aguardam para serem descarregados. Tento me concentrar em contar, carregar e registrar o estoque, mas tudo que consigo pensar é na floresta. Diferentemente de um jardineiro, nunca enfiei meus dedos na terra. Nunca tirei uma planta do solo. Nunca vi árvores crescendo numa formação diferente do desenho meticulosamente planejado e geometricamente preciso dos gramados da cidade.

Quão selvagem é a floresta, exatamente?

– Dahlia! – Iris 16 me repreende com suavidade. Quando olho para baixo, percebo que o frasco que acabei de levantar do carrinho de entrega está pingando fertilizante líquido no meu sapato.

– Como é que você não percebeu o vazamento? – ela pergunta. – Tem meio centímetro de fertilizante líquido neste carrinho!

Olho para o engradado e vejo que Iris está certa. Não tenho conseguido me concentrar direito desde que conheci Trigger 17. Quero saber o que ensinam em seu Departamento. Quero conhecer a floresta. Quero experimentar as coisas que Trigger vê, toca e degusta.

Quero falar com ele de novo.

Morro de medo da ideia de que alguém além de Poppy possa

descobrir minha vontade e insatisfação. Ainda assim desejo coisas perigosas, embora saiba o quão perigosas são.

– Dahlia.

Levanto o olhar, surpresa, quando Poppy pega a garrafa vazando da minha mão e a coloca de volta no engradado.

– Você continua dormindo mal? – ela pergunta enquanto Iris balança a cabeça, consternada.

Na verdade, anseio pelo toque de recolher todas as noites, na esperança de sonhar com Trigger 17. Só nos meus sonhos podemos nos encontrar e olhar um para o outro com impunidade. Mas Poppy está tentando ajudar a explicar meu comportamento.

– Estou bem – asseguro às duas. – Só me distraí um pouco.

Poppy parece ainda mais preocupada. Uma futura instrutora não pode estar submetida à distração.

– Você vai ter que registrar isto como item defeituoso. – Iris aponta para o engradado que contém o frasco vazando. – E vai ter de trocar os sapatos.

Sigo seu olhar e vejo que uma poça de fertilizante líquido se formou dentro do meu sapato e em volta do meu pé esquerdo.

– Pode ir – diz Poppy. – Eu cuido do relatório. – Antes que eu possa argumentar, ela se ajoelha perto da tela embutida ao lado do carrinho de entrega automático e acessa a tabela do estoque do carregamento atual. Ela toca na contagem dos fertilizantes e informa que há um frasco defeituoso. Por fim, passa o pulso sob o scanner embutido do lado do carrinho e diz: "Depósito central de Lakeview".

A tela confirma o destino e mostra a rota que ele vai fazer, então o carrinho segue adiante, carregando os produtos defeituosos para fora da baía de entrega em direção à rua estreita que passa por trás da fileira de Academias, seguindo a faixa de cruzeiro.

– Dahlia – diz Poppy enquanto se levanta, olhando para meu sapato sujo. – Vá se trocar.

Com uma expressão distraída, eu me viro e relato o incidente para Sorrel 32, que me libera para voltar ao dormitório e trocar de sapato.

–Você pode escolher uma colega de classe para acompanhá-la – diz ela.

– Tudo bem. Eu me viro sozinha. – Além disso, qualquer uma que eu levasse comigo perceberia como estou distraída.

Sorrel 32 me olha com estranheza e, enquanto me dirijo para o gramado comunal, pergunto-me se dei a resposta errada. Será que uma futura instrutora deveria relutar em deixar a companhia de suas idênticas? Será que aprender a trabalhar com independência de suas irmãs é a parte mais difícil do treinamento de uma instrutora?

Isto deveria ser mais difícil do que é para mim?

Sozinha em meu quarto no dormitório, tiro os sapatos e os jogo no tubo de troca, que é usado para coisas que não precisam ser substituídas todos os dias, como sapatos, casacos e escovas de dentes. Só um sapato está sujo, mas, assim como eu e minhas idênticas, um sapato nunca anda sozinho.

Normalmente.

Um segundo mais tarde, uma luz vermelha se acende na parede do lado direito do tubo. Abro a gaveta embutida na parede e encontro um novo par de sapatos para o dia a dia.

O fertilizante também pingou na minha blusa, por isso a tiro e jogo no tubo da lavanderia, depois abro a gaveta da cômoda com meu nome e tiro uma de minhas camisas extras. Ela parece estranhamente amassada.

Sento-me na cama e começo a desdobrar a camisa, mas logo paro, surpresa, quando vejo o que foi escondido entre as camadas de algodão.

É uma cenoura. Mas não é nenhuma variedade das que plantamos no laboratório de hidroponia. Esta cenoura é mais pálida, mais fina e mais rugosa do que qualquer uma que eu já tenha produzido. O caule e as folhas foram retirados, mas as manchas marrons no algodão cinza são inconfundíveis.

É uma cenoura silvestre. Ainda há terra grudada nela.

Meu pulso acelera, mas meu entusiasmo logo é engolido por uma rajada de medo. Olho para cima, para a câmera no canto do quarto, e rapidamente dobro a camisa sobre a cenoura, torcendo para que meu braço tenha encoberto a visão. E para que ninguém esteja monitorando as imagens do meu quarto naquele momento.

No banheiro, o único lugar onde não há câmeras, desdobro a camisa sobre a pia. Minúsculos torrões de terra caem na cuba e olho para eles, fascinada. Essa terra é muito mais clara e um pouco mais vermelha do que a usada pelos jardineiros, porque esse solo não é fertilizado e preparado nem vem entregue em sacos do depósito central.

Isto sim é *terra*. É natural, livre e cheirosa. Ela me lembra da vez em que tive que deixar um jogo de futebol porque torci o tornozelo quando eu era Dahlia 10. Sentei na lateral do campo e fiquei remexendo na grama embaixo de mim, procurando minhocas. Minhas unhas ficaram cheias de terra e cheiravam à grama, à vida, a tudo o que é verde.

É este o cheiro desta cenoura.

Trigger 17.

Só um cadete teria acesso a alimentos silvestres. Ninguém mais teria qualquer motivo para dar uma cenoura para mim. Ninguém mais saberia como evitar as câmeras para entrar sem ser percebido no meu andar do dormitório e colocar uma cenoura na minha gaveta.

Com os pensamentos agitados, abro a torneira e lavo a cenoura. Ela é longa e fina, com um aspecto de corda fibrosa desde a ponta. Seco-a numa toalha de mão e a levanto para experimentar. Minha boca saliva, mas não posso mordê-la.

Se eu comer a cenoura, ela desaparecerá, e quero guardá-la. Eu *preciso* guardar este segredo, para provar que não estou sonhando. Quero poder tocar esse vegetal silvestre quando ninguém estiver olhando e saber que Trigger arriscou tudo para dá-lo a mim.

Esta cenoura contrabandeada é prova de que ele ainda está pensando em mim, da mesma forma como ainda penso nele.

Ajoelho para pegar a camisa que caiu no chão e, no meio dela, percebo a ponta rasgada de um pedacinho de papel amassado. Parece algum tipo de papel de embrulho marrom. Em uma caligrafia pequena e apressada, está escrito: "Patamar do 18º andar. 18h35".

Meu estômago dá voltas. Não tenho permissão para usar a escadaria exceto em caso de emergência. Não tenho permissão para falar com alunos de outros Departamentos, a menos que estejamos trabalhando juntos num projeto. E certamente não tenho permissão para mentir para meus instrutores sobre aonde eu vou e o que estou fazendo.

A ideia de infringir essas três regras para encontrar com um menino que não deveria me fascinar como ele me fascina é ao mesmo tempo amedrontadora e excitante. E totalmente impensável.

Por outro lado, 18h35 é bem no meio do jantar. Eu poderia, sem dúvida, pedir licença para usar o banheiro e então ir furtivamente até a escada. Não há câmeras no poço da escada.

Mas e se eu fosse pega?

Não quero nem imaginar o que aconteceria se Trigger 17 e eu fôssemos descobertos no poço da escada. Ou se a Administração descobrisse os pensamentos e sentimentos anormais que eu agora passo cada instante do meu dia tentando esconder. Ou se eles descobrissem o que só pode ser uma grande falha no meu genoma. Nos *nossos* genomas, evidentemente.

Não posso me encontrar com Trigger. *Não posso* fazer minhas irmãs correrem o risco de serem recolhidas.

Não devo guardar a cenoura. É uma recordação perigosa. Ao mesmo tempo, porém, não consigo me desfazer dela. Se eu a comer – a única forma segura de me desfazer dela – perderei a certeza tangível de que este momento de fato aconteceu.

Em vez disso, enrolo o bilhete em volta da cenoura e dobro a camiseta em volta dos dois de novo. Então lavo toda a terra da pia e dou descarga para que qualquer um que esteja ouvindo a transmissão da câmera pense que eu tinha um motivo legítimo para estar no banheiro.

No quarto, enfio a cenoura enrolada na camisa dentro da gaveta e tiro uma blusa limpa. Com pressa, visto a blusa e calço os sapatos, então saio e cruzo o gramado de volta para a Academia de Força de Trabalho.

Há uma cenoura na minha gaveta.

É tudo em que consigo pensar.

QUATRO

VOZES SE ERGUEM À MINHA VOLTA no refeitório do 18º andar e ninguém parece se importar com o fato de a fila da comida estar se movendo mais devagar que o normal. As meninas da jardinagem estão demorando de propósito. Ou estou imaginando isso?

Enquanto arrasto os pés atrás de Poppy, Sorrel e Violet, cercada por nossas idênticas bem como por alunos das classes dos anos 15 e 17, meu olhar vagueia em direção à parede de vidro no fim do refeitório. Através dela, posso ver os escritórios onde a inspetora do 18º andar e sua equipe de supervisores trabalham quando não estão vistoriando quartos, marcando atividades de campo, inventariando o estoque, enviando moradores doentes para o prédio da Saúde e mantendo um ambiente limpo e eficiente no dormitório.

No fim deste mesmo corredor ficam as escadas, a duas portas do meu quarto. Se eu pedir licença para ir ao banheiro, só teria que andar alguns metros a mais para chegar lá. Há uma boa chance de que ninguém perceba.

Mas e se alguém perceber?

Olive 16 cutuca meu ombro e me viro para ver que a fila à minha frente andou. Poppy levanta o pulso na frente do scanner. Há um ruído de peças se movendo, então a porta de aço se levanta, revelando sua bandeja.

O jantar dela é igualzinho ao meu. E ao de Olive, Violet e Sorrel. Nós somos todas iguais e, uma vez que o nosso nível de esforço físico é muito semelhante ao da maioria das outras seções de trabalho profissional, nossas necessidades nutricionais são praticamente idênticas.

Poppy caminha adiante na fila e recebe sua caixinha de leite desnatado e garrafa d'água enquanto eu passo o pulso sob o scanner na frente do distribuidor de refeições. Minha bandeja sai da mesma forma que a dela e, enquanto prossigo na fila, viro para dar mais uma olhada para a porta da escadaria.

Em vez disso, vejo um cadete do ano 17 parado no corredor com uma trança vermelha sobre o ombro e um tablet debaixo do braço. Obviamente ele está esperando para ver a inspetora do meu andar, mas olha através da janela do refeitório direto para mim.

Nossos olhares se encontram e, embora sua expressão não se altere – nem mesmo um esboço de sorriso –, seus olhos parecem se iluminar. Ele me encontrou quase que instantaneamente, muito embora eu esteja cercada das minhas idênticas e ele esteja longe demais para ler os nomes bordados em nossas roupas.

Como ele sabe que sou eu?

– Sério, Dahlia, eu gostaria de comer alguma coisa neste século! – diz Olive, e desvio o olhar de Trigger como se ele fosse um carvão quente que acabei de tocar com a mão.

Ando mais um pouco e recebo minha garrafa d'água e caixinha de leite, então saio da fila. Ouso lançar mais um olhar na direção dele enquanto sigo para a mesa de aço inoxidável onde minhas colegas de quarto já estão sentadas, mas ele entrou no escritório da inspetora. Ou talvez ele já esteja na escadaria, esperando por mim.

O relógio sobre a porta marca 18h25.

Não posso encontrar com Trigger. Eu estaria selando o destino de cinco mil garotas – de Poppy, Sorrel e Violet – se fosse pega. Mas devoro meu jantar de qualquer jeito, no caso de decidir ir, porque devo comer tudo o que está na minha bandeja antes de sair do refeitório.

Enquanto mastigo, procuro Dahlia 17 na cafeteria. Ela se senta a algumas mesas de distância, de frente para mim. Enquanto a observo, ela tira um cacho dourado da altura dos ombros da frente do seu rosto cheio de sardas.

Será que o genoma dela estaria tão tentado a infringir as regras? Estaria tão cativado por um menino com uma estética agradável e uma voz grave?

– Dahlia, você parece um cavalo comendo. – A voz de Violet interrompe meus pensamentos e de repente vejo minhas três colegas de quarto me observando enquanto eu enfio uma garfada após a outra dentro da boca.

– Desculpem – digo com a boca cheia de feijão preto. – Estou faminta.

Tento comer mais devagar, fingindo que estou prestando atenção enquanto Sorrel explica sobre a qualidade de suas plantas e Iris se inclina para dar a ela algum conselho genérico. Mas tudo o que vejo é o relógio em cima da porta. Os números digitais parecem ter parado em 18h31. Será que o tempo parou de verdade?

Por fim, a porta do escritório da inspetora se abre e congelo quando Trigger 17 sai de lá. Ele olha rapidamente para o refeitório, mas não consigo dizer se ele me encontrou ou não antes de se virar e marchar com a postura formal e a confiança de um cadete em direção às escadas.

Ninguém tenta pará-lo. Será que os cadetes têm permissão para usar as escadas em vez dos elevadores? Será que isso faz parte do condicionamento físico deles?

Minha perna começa a balançar debaixo da mesa enquanto o observo se afastar. Não consigo mais nem sentir o gosto da comida. Quero segui-lo. Meu corpo está no refeitório, mas o restante de mim já está nas escadas, perguntando sobre a cenoura e a floresta e sobre qual missão ou jogo de guerra o levou para fora da cidade. Perguntando se ele já viu o grande e sinuoso canal de Riverbend, assim chamado por causa das montanhas que se erguem em torno de Valleybrook.

Quero ouvir sua voz; mais que isso, quero ver seus lábios formarem palavras e não faço ideia do porquê. Isso parece uma coisa estranha de se desejar, mas é o que desejo.

Saber que ele está a um corredor de distância é mais do que sou capaz de suportar. Só percebo que tenho a intenção de deixar o refeitório quando já estou de pé, com a bandeja vazia na mão.

– Dahlia? – Poppy olha para mim. – Aonde você está indo?

– Ao banheiro. – Eu me afasto do banquinho de aço inoxidável preso ao chão. – Minha barriga está meio... esquisita.

– Vai ver é porque você inalou sua comida – diz Violet, e concordo porque isso parece mais plausível do que qualquer coisa que eu possa inventar.

Na saída do refeitório, deixo minha bandeja vazia no tubo de reciclagem e digo à supervisora de plantão que vou ao banheiro. Ela assente e me deixa passar, e mal posso acreditar em como foi fácil. A possibilidade de eu fugir para infringir uma regra não parece passar pela cabeça dela, porque nós não temos a tendência a infringir regras. Porque, até onde sei, ninguém antes de mim tentou algo tão ousado.

Será que foi isso que Trigger pensou? Que, a menos que balancemos nosso mau comportamento tal qual uma bandeira na cara deles, nossos supervisores e instrutores só verão o que esperam ver?

Meu coração acelera enquanto caminho pelo corredor e meus passos acompanham seu ritmo até chegar a poucos metros da minha porta e a alguns metros a mais da escada. Olho para trás no último minuto, para ter certeza de que não estou sendo observada.

Ninguém está olhando para mim, mas não posso evitar olhar para eles. Várias centenas de pessoas ainda estão sentadas no refeitório, e centenas delas têm o meu rosto. Espalhadas pelas outras dezenas de andares há outras milhares que são iguaizinhas a nós. Neste momento, elas estão falando e comendo, com uma abençoada ignorância do fato de que estou prestes a colocar todas as suas vidas em risco para poder perguntar a um garoto com quem eu não deveria me encontrar coisas que eu não deveria saber.

De repente me sinto muito egoísta. Não tenho o direito de fazer o que quero à custa da vida delas. Só porque o meu genoma tem falhas – certamente esses pensamentos estranhos e desejos são prova disso – não significa que preciso agir de acordo. Certo?

Agora, o que vejo no refeitório não são centenas de idênticas minhas terminando de comer peito de frango, milho com manteiga e feijões pretos, mas uma sala cheia de corpos olhando para o teto com olhos vazios. Centenas de corpos iguaizinhos a mim, mortos.

Meu pulso acelera tanto que o corredor começa a desfocar na minha frente.

Olho para a porta da escadaria. Trigger está bem atrás dela. Minha mão está coçando para pegar naquela maçaneta. Em vez disso, levanto o pulso debaixo do scanner do meu quarto do dormitório.

Durante os dez minutos seguintes, fico segurando a camisa dobrada e sentindo a cenoura lá dentro enquanto tento evitar as lágrimas que se acumulam nos meus olhos.

Nem mesmo sei por que estou chorando.

CINCO

AS DUAS SEMANAS SEGUINTES SÃO TERRÍVEIS.

Não posso evitar procurar Trigger toda vez que vejo um esquadrão de cadetes marchando, mesmo quando eles não são do ano 17, mas agora não tenho certeza de que quero encontrá-lo. Tenho medo do modo como ele vai olhar para mim.

Será que ele entende por que eu não o encontrei nas escadas? Será que ele ainda vai querer falar comigo?

As respostas não importam. Nós não podemos nos encontrar de novo. E o fato de eu desejar isso é, com certeza, prova de que há algo de errado comigo. Passo todos os momentos do dia esperando que a Administração me chame para um exame de sangue, para que eles possam descobrir alguma falha genética que me torna suscetível à arrogância e ao orgulho próprio. À curiosidade sobre coisas que uma agricultora não precisa conhecer.

Minhas idênticas não parecem ter problemas em manter seus pensamentos nos estudos, no plantio e em ganhar o próximo torneio de campo. Talvez seja porque elas não sabem que *há* outras coisas para se pensar. Se eu contasse a elas, será que todas ficaríamos orgulhosas e distraídas? Será que a ignorância do nosso defeito é a única coisa que impede que todas nós sejamos recolhidas?

Se for assim, guardar meu segredo significa proteger todas as 4.999 irmãs que tenho.

Mas Poppy sabe, e a única coisa que a está distraindo dos seus deveres é sua preocupação comigo.

Quando sou a última a sair da quadra coberta depois de um jogo de vôlei numa tarde chuvosa, Poppy se demora para andar comigo.

– Você está bem, Dahlia? – Ela já fez essa mesma pergunta uma dezena de vezes só nos últimos dias.

– Sim, é claro.

Sua expressão incrédula revela que ela sabe que não é bem verdade.

– Está assim por causa do cargo de instrutora? Você já teve alguma notícia? – Minha fixação em Trigger 17 não faz sentido para ela, então parei de falar sobre ele. Mas ela compartilha da minha ansiedade com a ideia de que podemos nos separar depois de nos formarmos. – Será que eles escolheram outra pessoa?

– Eu…

Passos vindos da frente do prédio ecoam em nossa direção, e a cadência precisa deles captura minha atenção. Eu olho e tropeço nos meus próprios pés. Trigger 17 passa marchando pela minha classe inteira sem nem mesmo olhar para mim.

Minhas entranhas são um emaranhado de frustração e alívio, mas não consigo deixar de me virar para ver aonde ele está indo.

Ele cumprimenta nosso instrutor de recreação, Belay 35, inclinando a cabeça formalmente.

– Seu trabalho honra a todos nós.

– Obrigado por seu serviço. – Belay 35 devolve o cumprimento e eu ando mais devagar para poder ouvir. – O que posso fazer por você, cadete?

– A Administração gostaria de ver uma de suas alunas. Dahlia 16.

Minhas pernas param de funcionar. Meus pés estão paralisados no chão. Eu já tive esse sonho muitas vezes antes, mas de repente parece um pesadelo. A última coisa que quero é chamar mais a atenção da Administração.

– Não recebi nenhum aviso – diz Belay 35, e ouço o farfalhar de seu casaco esportivo enquanto ele tira seu tablet do bolso interno.

– Eles estão com dificuldades técnicas no Departamento de Administração. É por isso que me enviaram para transmitir a mensagem.

– Que método mais antigo e ineficiente de comunicação. – Belay 35 limpa a garganta, então ergue a voz. – Dahlia 16?

Estou ao mesmo tempo aliviada e aterrorizada quando me viro.

– Sim, senhor?

– Por favor, vá à Administração imediatamente. Eu informo a Sorrel 32 que você vai se atrasar.

– Sim, senhor.

Poppy me encara com olhos arregalados enquanto sigo Trigger 17. Ela provavelmente está se perguntando a mesma coisa que eu: será que é sobre a vaga de instrutora? Será que eles perceberam como eu ando distraída?

Que tipo de ironia mais cruel é essa de mandarem Trigger 17 me buscar quando ele é a verdadeira razão da minha distração?

Quando chegamos ao gramado comunal, eu o sigo até o portão que leva para fora da ala de treinamento, enquanto o restante da minha classe segue em direção à Academia. Durante a caminhada, olho para as costas dele e noto que seus ombros são bem mais largos que os meus. Mais largos até que os ombros dos meninos da Seção de Agricultura Hidropônica. Fico tão fascinada com isso que só percebo que saímos da calçada principal quando a sombra da Academia de Especialistas recai sobre mim.

Trigger 17 me levou para a lateral do prédio, fora da vista do gramado comunal, da rua e da maioria dos prédios próximos.

Paro de andar e limpo a garganta.

– Cadete, este não é o caminho para sair da ala de treinamento.

Tenho permissão para lhe dizer isso. Isso não é confraternização, porque ele está aqui em uma missão oficial e essa missão sou eu. Ainda assim, sinto-me estranhamente vulnerável ao falar com ele em voz alta do lado de fora, onde qualquer um pode escutar.

Em resposta, ele sorri e abre a porta à sua esquerda, então faz sinal para que eu entre.

Através da porta, enxergo a escadaria de saída da Academia de Especialistas. Então balanço a cabeça. A Administração está me esperando. Não posso simplesmente desviar do caminho com ele!

Trigger gesticula com insistência em direção às escadas.

Contra meu bom senso, eu entro. Ele me segue e fecha a porta, mas, antes que eu possa lhe perguntar o que está acontecendo, ele faz sinal para que eu fique quieta, levando um dedo sobre os lábios. Então olha para a série de três patamares acima.

– Olá?

Sua voz ecoa, mas não há nenhuma resposta. Estamos sozinhos.

– O que estamos fazendo aqui? – pergunto antes que o eco de sua voz tenha se esvanecido totalmente dos meus ouvidos. Esse desvio *não pode* ser parte da missão oficial, o que significa que eu não devia estar falando com ele. Por que ele me colocaria nessa situação?

– Eu queria ver você – diz ele, como se fosse tão simples, e mal posso acreditar na casualidade como ele está disposto a infringir a diretriz de confraternização. – Por que você não me encontrou na escadaria do dormitório?

– Porque era muito perigoso. Trigger, isto não está certo!

– Mas você recebeu minha mensagem? – ele pergunta, como se não entendesse como é arriscado para mim estar aqui.

– É claro que recebi sua mensagem. Ela estava enrolada numa cenoura na minha gaveta. Qual era o seu plano? Que nós conversássemos sobre coisas que eu não devo saber no patamar do 18º andar?

Ele dá de ombros.

– Nós poderíamos ter descido até o patamar do 12º andar. É o meu andar.

Eu não deveria saber em qual andar ele mora. Nós não estamos simplesmente rasgando as regras de confraternização. Estamos picando-as em pedacinhos.

– Então, a cenoura estava boa? Elas são diferentes das que vocês plantam, por isso eu não sabia se você iria gostar.

– Eu não a comi. – Balanço a cabeça, tentando colocar aquela conversa louca e perigosa de volta nos trilhos. – Não sou um cadete. Você não pode simplesmente...

– Por que você não comeu? – Ele parece terrivelmente desapontado e, apesar do fato de que sem dúvida seremos algemados e arrastados por soldados, quero consertar isso.

– Porque... eu quis guardá-la. – Essa admissão é mais do que perigosa, mas as linhas na testa dele desaparecem e sua expressão relaxa um pouco. Por que deixá-lo feliz faz com que eu me sinta tão bem, quando estamos arriscando tudo simplesmente por estarmos aqui?

– Ah. Bom, você deveria comê-la antes que alguém a encontre. Vai ter mais cenouras.

– Não, não vai. – Eu bufo, procurando ter paciência. – Trigger, não pode ter mais cenouras, e você não pode mais entrar escondido no meu quarto! Você vai ser pego!

Ele dá de ombros, com um jeito despreocupado demais. Não importa o quanto as coisas sejam diferentes no seu Departamento, até mesmo um cadete seria punido por entrar escondido num dormitório de um integrante de outra Divisão. Tem algo que não estou entendendo.

– Eu sei como evitar as câmeras – ele insiste. – E, se precisar, posso fazê-las falhar por um segundo. Às vezes as imagens perdem a nitidez. – Ele dá de ombros com um sorrisinho. – Não há nada que se possa fazer.

– Você...? – Nem sei qual é a palavra para o que ele está descrevendo.

– O que você fez?

– Adulterei as imagens – diz ele e, ao perceber minha expressão de incompreensão, tenta de novo. – Usei meu tablet para invadir o sistema de segurança, isso se chama "hackear", e provoquei estática nas imagens da câmera. Só por alguns segundos. Ninguém percebe porque isso acontece periodicamente, e como as imagens não são interrompidas por completo, eles não mandam ninguém investigar.

Preciso de um segundo para compreender o que estou ouvindo. Eu não tinha ideia de que isso era possível.

– Eles têm um nome para infringir essa regra específica? Talvez se eles não tivessem dado um nome, vocês cadetes não o fariam. Como você sabe "hackear"?

Ele dá de ombros de novo.

– Sou das Forças Especiais. Minha principal especialidade é o combate com as mãos livres, mas a segunda é a inteligência cibernética.

– Seus instrutores o ensinaram a burlar as câmeras de segurança de Lakeview? – A coisa mais ousada que eu já fiz foi enxertar um caule de tomateiro num pé de batata e fazer crescer dois tipos de vegetais de uma só planta.

– Eles me ensinaram a burlar as câmeras de segurança de *outras* cidades – esclarece Trigger. – Mountainside, Oceanbay e Valleybrook usam sistemas similares, não foi difícil entender o nosso. Eles devem saber que isso é uma possibilidade, só não esperam que façamos isso. Eles têm de confiar em nós porque dentro de alguns anos estaremos na primeira linha de defesa.

Defesa contra o quê? O treinamento dele parece mais *ofensivo* que defensivo.

Os olhos castanhos de Trigger brilham ainda mais por um instante.

– Sou o melhor da minha classe.

Meu suspiro ecoa na escadaria.

– O quê? – Trigger se endireita. – É isso o que esta corda indica. – Ele puxa a trança vermelha enrolada em volta dos ombros quadrados e rígidos de seu casaco de uniforme. – Sou o líder do meu esquadrão.

– Todos os cadetes são assim arrogantes? – Minha voz é um sussurro, como se o volume pudesse influenciar o grau de violação da regra de confraternização.

– Isso não é arrogância, é a verdade.

– É orgulho. E se você começar a lutar para alimentar sua própria arrogância e não para glorificar e proteger a cidade? – Isso decerto seria um caminho sem volta para a ruína.

Trigger 17 parece confuso. Então ele ri.

– Não funciona assim na Defesa. Minha "arrogância" glorifica a cidade. E minha capacidade superior motiva meus colegas cadetes a lutarem mais, e a cidade é ainda mais glorificada.

Mal consigo compreender a ideia. Minhas idênticas e eu passamos nossas vidas inteiras aprendendo a trabalhar como uma unidade, a nos unirmos e a apoiarmos umas às outras em todas as circunstâncias, a celebrar o sucesso umas das outras como se fosse o nosso. Mas...

– Sua Academia incentiva a competição?

– A Defesa *exige* isso. Você não pode administrar um exército como se fosse uma fábrica, uma equipe de construção ou uma horta. Nossos líderes não podem ser administradores, eles têm de vir de dentro do exército, e as posições de comando são concedidas por meio da competição. – Ele respira fundo, então se endireita ainda mais e praticamente grita um lema numa cadência ensaiada. – É preciso ser o melhor para liderar.

De repente eu entendo, mas não deveria. Ninguém fora do Departamento de Defesa deve saber que suas regras incentivam a competição e permitem a arrogância, até o ponto que uma criança prenda outra num armário escuro.

Eu gostaria de poder declarar que sou a melhor agricultora hidropônica na minha Seção, mas a cidade não requer nem permite a arrogância de seus agricultores. E agora preferiria não saber que Trigger pode sentir e dizer o que eu não posso.

– Tudo bem. Prometo que vou comer a cenoura. Mas tenho que ir. Não posso deixar a Administração esperando. – E não faço ideia de como vou explicar o atraso.

Trigger 17 joga a cabeça para trás e dá risada. O som ecoa por toda a escadaria acima de nós e olho zangada para ele. Não entendo a piada.

– A Administração não está esperando você, Dahlia. Eu só disse isso ao seu instrutor para que ele deixasse você vir comigo.

– Você *mentiu* para Belay 35? – Mal consigo processar a informação. Manter nosso segredo já tem sido difícil o bastante para mim, mas uma mentira descarada? Fugir da aula? – E se ele mandar uma mensagem para a Administração para verificar o que você disse?

– Ele provavelmente não fará isso, porque ele não espera que alguém minta. E, mesmo que ele tente mandar uma mensagem, não vai funcionar porque a comunicação da Administração está mesmo com problemas. Eu hackeei o sistema. Eles estão restritos à comunicação verbal até que eu conserte o problema. Ou até que eles descubram o que aconteceu. Mesmo que descubram, não têm como saber que fui eu.

Eu o encaro com olhos arregalados. Como um cadete – um *estudante* – invadiu o sistema de segurança da cidade sem alertar as pessoas que cuidam desse sistema? Quão especiais são essas Forças Especiais?

– Você faz ideia de como tudo isso é perigoso?

– Sim. É para isso que sou treinado. – Trigger parece orgulhoso. Com uma estranha sensação de intuição, percebo que sei exatamente como ele se sente. É o mesmo entusiasmo maluco e negligente que toma conta de mim toda vez que penso nele. – É uma boa prática aplicar no mundo real – ele acrescenta.

– Mas *eu* não sou treinada para o que quer que seja isto. – E toda essa adrenalina está fazendo meu coração disparar.

– Relaxe. Quando você voltar à sala de aula, vou restabelecer as comunicações da Administração e eles vão pensar que foi uma falha aleatória. Se suas amigas perguntarem o que a Administração queria, diga apenas que era sobre a vaga de instrutora, mas que é tudo o que você pode dizer.

Olho para ele com atenção.

– Como você sabe sobre a vaga de instrutora?

– Está no seu arquivo.

– *Você viu o meu arquivo?* – Isso significa que *eu* fui hackeada?

– De que outra forma eu poderia saber que a Administração tem um motivo plausível para querer ver você? – Trigger me dá um sorrisinho. – Eles estão muito impressionados com seus esforços no laboratório de hidroponia. Seu trabalho com as vinhas e trepadeiras é especialmente digno de atenção.

Balanço a cabeça, ignorando o elogio feito claramente para me distrair.

– Eles não vão perceber que meu arquivo foi acessado?

– Sim, se eles forem atrás disso. – Trigger se encosta na parte superior do corrimão das escadas e cruza os braços na frente do peito. – Mas eu usei o código de acesso da sua instrutora acadêmica.

– Será que eu quero mesmo saber como você conseguiu isso?

Seu sorriso é sutil, porém inevitável.

– Provavelmente não.

– E você quer que eu minta para as minhas amigas sobre onde estive?

– Quero que você lhes dê o benefício da negação plausível. Proteja-as da verdade, só para garantir. É o melhor para todos.

Não posso argumentar contra isso.

Tento me acalmar, apesar da consciência cada vez mais insistente de que *não deveríamos estar aqui*. Prendo o cabelo atrás da orelha e olho para ele.

– Você tem resposta para tudo?

Ele sorri.

– Os cadetes são treinados para estarem preparados.

Sinto que deveria gritar com ele, mas acabo devolvendo o sorriso. Sua confiança imponente tem algo de encantador, ao mesmo tempo que me faz querer arrancar meus cabelos.

Como é possível? Será que é algo que eles cultivam nos soldados?

– Há milhares como você?

Por fim, ele hesita, pensando bem antes de responder.

– Acho que não existe mais *ninguém* como eu, não mais.

– O que quer dizer?

– Meus idênticos e eu somos cópias genéticas, é claro, mas isso significa apenas que estamos funcionando com as mesmas ferramentas genéticas que estão à nossa disposição. E obviamente tivemos o mesmo treinamento. Mas sou o único que ficou preso no elevador com uma garota bonita que claramente queria fazer um milhão de perguntas e que também sabia que não as deveria fazer. Minha experiência divergiu da deles naquele dia. Conhecer você fez com que eu e meu treinamento seguíssemos um caminho diferente. *Este* caminho. – Ele faz um gesto indicando nós dois.

– Um caminho que faz você desejar infringir regras das quais a Administração nem sabe que precisa ainda. Como "não hackear o sistema de segurança e comunicação da cidade".

– Exato.

O que ele fez é incrivelmente arriscado. Mas entendo o impulso. Antes de conhecer Trigger 17, eu não fazia ideia do quão pouco sabia do mundo fora da agricultura hidropônica. Se aquele conhecimento estivesse disponível para mim apenas tocando num tablet, como está para ele, será que eu não tocaria?

Trigger se afasta das escadas e fica ereto.

– Desculpe por todas estas manobras escusas. Eu só queria falar com você de novo e isso parecia mais simples do que sabotar um elevador quando estivéssemos os dois lá dentro. Embora eu tenha que admitir que esse era o meu plano B.

– Não sei dizer se você está brincando ou não. – Violet também é assim. Isso me deixa louca.

– Estou. Acho. Embora seja muito mais difícil encontrar tempo para falar com você do que com as meninas da minha Seção.

– Meninas da...? – Sinto um aperto no peito de um jeito totalmente novo e doloroso. Nós temos permissão para falar com os meninos da nossa Seção, então por que a ideia de Trigger falar com as meninas da Seção dele me deixa com um pouco de raiva e ao mesmo tempo nauseada?

– Se... – Não sei como perguntar o que quero saber. – Se você não pudesse falar com essas meninas, você teria todo esse trabalho? Você infringiria as regras por elas?

Trigger fica em silêncio enquanto pensa e cada segundo que se passa sem uma resposta faz meu coração bater mais forte. Por fim, sua cabeça se inclina para o lado e ele olha para mim em uma séria consideração.

– É possível que eu tenha feito a invasão do sistema de comunicação da Liderança soar mais fácil do que foi. Na verdade, levei uma semana e meia para analisar e entender o processo e mais uns dias para ter coragem de tentar. Acho que eu não teria feito isso por mais ninguém, Dahlia. Não tenho nem certeza de que fiz isso por você. Foi uma coisa meio egoísta. Eu queria vê-la, falar com você. Queria saber se você tinha gostado da cenoura, contar onde a encontrei e como ela crescia.

Agora meu coração está batendo forte por um motivo diferente e igualmente confuso.

– Por quê? – Por que ele estaria disposto a se arriscar tanto por minha causa? Se uma de minhas idênticas tivesse ficado trancada com ele no elevador, será que ele se daria todo esse trabalho para falar com ela, ou ele e a hipotética idêntica teriam simplesmente seguido seus caminhos depois do incidente do elevador e continuado com suas vidas separadas?

Por que Trigger e eu ainda pensamos um no outro dois meses depois?

– Porque você falou comigo.

– Porque eu...?

– No elevador. Você estava com tanto medo de falar comigo, de infringir uma regra, quanto estava de cair e morrer. Mas você falou. *Muito*. Você é como uma bela flor hidropônica, mas tem raízes selvagens.

Então ele completou:

– Dahlia, você tem a aparência de uma agricultora, mas parece uma *guerreira*.

Alguma coisa se mexeu dentro de mim. Alguma coisa... faminta.

Estamos a poucos passos de distância – mais próximos do que estávamos no elevador –, e sinto uma vontade inexplicável e repentina de diminuir a distância entre nós. Uma vontade de tocá-lo.

Eu nunca quis tocar nenhum dos garotos da minha Seção. Esse impulso parece muito estranho. Contudo, não parece errado.

– O quê? – Trigger percebe o meu olhar. – Tem alguma coisa no meu rosto? – Ele passa a mão na linha do maxilar e produz um ruído suave ao coçar os pelos curtos no seu queixo.

– Não. Bem, quer dizer, parece que você precisa fazer a barba, e eu... – Não consigo desviar o olhar.

Um dos cantos de sua boca se levanta e de repente sinto que ele consegue enxergar os pensamentos mais íntimos dentro da minha cabeça.

– Você quer sentir?

– Eu não... não poderia...

Se há regras contra falar com integrantes de outras divisões, *deve* haver regras contra tocar integrantes de outras divisões. Mas não consigo pensar em nada, provavelmente porque nunca tenha ocorrido à Liderança que nós tentaríamos fazer isso.

Quer dizer, nós devemos estar loucos, certo? Isto não é loucura?

– Não posso...

Trigger pega minha mão e meu coração sobe pela garganta. Nunca toquei num menino antes. Sua mão é quente, mas não muito macia. Há uma pele grossa de cicatriz no seu dedão, e não resisto passar meu dedo sobre aquela saliência.

Olho para cima e seu olhar captura o meu. Todo o calor de sua mão percorre meu corpo e se aloja no meu rosto. Tocá-lo é uma coisa, mas *observá-lo* enquanto estamos nos tocando parece ao mesmo tempo errado e familiar, proibido e íntimo, de uma forma que eu nunca tinha imaginado antes.

Trigger ergue minha mão em direção ao seu rosto, e respiro fundo. Ele sorri, como se o som significasse algo para ele. Algo de que ele gostasse muito. Ele pressiona a ponta dos meus dedos contra o seu rosto, abaixo da orelha, e fico surpresa em ver como os pelos são duros ali. Como são ásperos.

Ele arrasta minha mão devagar em direção ao queixo e, fora o calor, sinto a barba espetando minha mão. A combinação é estranhamente fascinante. Tão diferente de tudo o que eu já senti. Tão áspero e...

Meus dedos deslizam até seu lábio inferior, e a transição do áspero para o macio é tão contrastante que quase levo um susto. Tanto que demoro a perceber que sua mão se foi. Estou no comando dos meus dedos, que parecem ter encontrado por conta própria a boca dele.

Levanto o olhar para reencontrar o dele. Não consigo entender a intensidade dos seus olhos, mas isso faz com que eu fique ainda mais vermelha. Suas pupilas estão dilatadas. Sua respiração se tornou lenta e profunda.

Então percebo que ainda estou tocando seu lábio.

Retiro minha mão bruscamente e aliso meu cabelo, removendo-o da testa, tentando disfarçar minha vergonha.

– Então? – Trigger pergunta. – A sensação é como você esperava?

– Não sei o que eu esperava. – Não sei mais como olhar para ele, depois de ter perdido o controle da minha mão.

– De manhã a sensação é diferente, depois que eu faço a barba – ele diz, e quero também sentir como é, apesar da minha certeza ferrenha de que isso nunca será possível.

– Temos que ir. Preciso voltar antes... – Antes que eu perca a capacidade de funcionar. – Antes que alguém descubra o que estamos fazendo.

O que *estamos fazendo*? É tão terrível querer saber qual é a sensação da barba por fazer? Será que isso é mais uma prova de uma falha genética, ou qualquer garota faria a mesma coisa se tivesse a oportunidade?

É fácil seguir as regras quando você nunca tem a oportunidade de infringi-las.

Talvez eu não tenha uma falha. Trigger atribui seu mau comportamento não a uma falha genética, mas às experiências que ele teve e seus idênticos não tiveram. Será que isso também vale para mim?

Não. Os cadetes são projetados com características genéticas diferentes dos trabalhadores. Ele deve reagir diferente de mim em todo tipo de situação.

Então por que entendo tudo o que ele me contou? Por que eu não só compreendo como também *sinto*?

Há alguma coisa seriamente errada comigo. Tenho uma falha *perigosa*, e cada momento que passo com ele é outro momento em que coloco a vida das minhas irmãs em risco. A vida de *Poppy*.

– Trigger, eu...

Ele dá um passo à frente e a proximidade rouba as palavras da minha boca. Se eu respirar muito fundo, iremos nos tocar.

– Sim, Dahlia?

Posso sentir o calor irradiando de seu corpo. Ele está tão perto que preciso levantar a cabeça para ver o seu rosto.

– Temos que ir. Prometa que você nunca mais fará isto. Para o nosso bem. Para o bem dos nossos idênticos.

– Você está mesmo com medo. – Seu sorriso se desfaz ao perceber isso e o calor dos seus olhos desaparece. – Eu tomei muito cuidado, Dahlia. Ninguém saberá da invasão nas comunicações e, a menos que você conte, ninguém saberá sobre esta escada.

Acredito nele. Posso ver que a última coisa que ele quer é me colocar em perigo. Mas as coisas são diferentes para mim de uma forma que ele obviamente não consegue entender. É raro eu ficar sem a companhia das minhas colegas de classe, e cada momento que estou longe chama atenção. A Administração não iria querer que os trabalhadores soubessem de coisas que não devemos saber, porque isso nos distrairia do nosso propósito. Percebi isso com muita clareza nas últimas semanas.

A Administração está certa.

Isto é errado.

– Prometa, Trigger 17.

Por fim, ele concorda.

– Eu prometo. Mas não posso prometer que não vou olhar para você.

Não discuto, porque tampouco posso prometer a mesma coisa.

– Acho que olhar não tem problema, desde que ninguém perceba. Mas isto aqui não é legal.

Ele faz que sim de novo e dá um passo para trás, ampliando o ar entre nós. Ampliando a distância. Mas seu olhar se prendeu na minha boca. Minha atenção também é atraída para seus lábios, assim como meus dedos foram. Não estou surpresa com isso, mas não consigo explicar o porquê. Não consigo explicar meu crescente fascínio com a boca dele.

– Devemos ir. Separados.

Ele parece desapontado, mas concorda. Respiro fundo e tento engolir minha própria frustração com aquela sensação de término da minha saída. Então saio das escadarias e fecho a porta atrás de mim. E mais uma vez me afasto de Trigger 17.

SEIS

APRESENTO-ME NA UNIDADE DE AGRICULTURA ainda vestindo minhas roupas esportivas, e Sorrel 32 me dá vinte minutos para voltar ao meu quarto para tomar banho e trocar de roupa. Quando corro pela calçada sinuosa até o gramado comunal, percebo que cada grupo pelo qual eu passo se vira para olhar para mim. Mas eles não me olham fixamente. Não parecem desconfiados nem preocupados. Estão apenas curiosos porque estou sozinha.

Fico muito nervosa com o fato de que estar sozinha não me incomoda mais. Alguém vai acabar percebendo.

Sozinha no meu quarto do dormitório, levo uma muda de roupas limpas para o banheiro, com cuidado para pegar a camisa com a protuberância. Enquanto o chuveiro está ligado, tiro a cenoura de Trigger do embrulho e olho para ela. Não cheira mais a terra, mas ainda assim cheira a natureza. É um aroma diferente daquele das cenouras hidropônicas, talvez porque não seja uma variedade que plantamos em aula. Talvez porque ela não tenha sido projetada, fertilizada e monitorada.

Agora que sei que preciso comer a cenoura, não consigo entender como consegui resistir a ela.

Quebro a parte fibrosa no final e mordo a ponta, mastigando-a lentamente. O sabor e a textura não parecem ter se alterado depois de mais de catorze dias na minha gaveta seca e limpa. Embora ela tenha um sabor mais natural e uma textura mais fibrosa do que as cenouras cultivadas que plantamos nas aulas, não era dura nem amadeirada. A cenoura é uma mistura interessante de doce e amargo, e eu gostaria de poder experimentá-la com um pouco de sal. Ou salteada com manteiga e cebola. Ou caramelizada e assada.

Não parece justo que nós que plantamos alimentos para a cidade nunca tenhamos a chance de prepará-los.

No primeiro dia verdadeiramente ameno do final do outono, Belay 35, nosso instrutor de educação física, decide que as classes de agricultura hidropônica do ano 16, tanto masculinas quanto femininas, devem aproveitar o dia passando nossa hora de recreação ao ar livre. Fico entusiasmada com a ideia até que fica claro que "aproveitar o dia" significa "dar voltas trotando em volta da ala de treinamento".

Trotar é o exercício de que menos gosto. Exceto por correr.

Mas *é* um lindo dia, então pego uma garrafa cheia de água fria e entro na fila entre Poppy e Sorrel, ao lado de um menino chamado Indigo 16.

– Parece que você está distante o tempo inteiro agora – Sorrel fala baixo atrás de mim enquanto saímos trotando pela calçada em um ritmo confortável.

– Ela só foi chamada duas vezes – disse Poppy por sobre o ombro. – Vamos manter isso em perspectiva.

Ela não menciona as vezes que voltei para o dormitório sozinha para me trocar.

– Como é sair da ala de treinamento sozinha? – Violet pergunta atrás de Sorrel enquanto passamos pela Academia de Força de Trabalho, onde uma fila de mecânicas de macacões cinza está entrando pela porta da frente.

– É... desconfortável. – A mentira tem um gosto amargo, mas Trigger está certo. É necessário mentir. – Faz com que eu me sinta vulnerável. Como se estivesse frio do lado de fora e eu esquecesse o casaco.

Poppy estremece.

– Sei que você vai ter de se acostumar com isso se virar instrutora, mas estou contente que é com você e não comigo. Nós não fomos feitas para andar por aí sozinhas.

Não consigo afastar a ideia de que ela está certa, mas não pelo motivo que pensa. Trigger e eu não temos nada genético em comum, mas não me sinto nem um pouco sozinha quando estou com ele.

Quanto apertamos o ritmo e fica difícil conversar, observo Indigo 16 e seus colegas de quarto trotando na fila ao lado da nossa. Ele e seus idênticos são alguns centímetros mais altos do que minhas irmãs e eu, mas uns bons quinze centímetros mais baixos do que Trigger 17. Os meninos agricultores têm rostos mais estreitos e longos do que o de Trigger e bem menos pelos nascendo no rosto, muito embora já seja fim de tarde.

Indigo 16 e seus idênticos também têm os ombros e o peito mais estreitos e, embora eles estejam em forma – assim como nós – por carregar jarras de fertilizante e passar uma hora por dia em recreação, obviamente não são tão fortes quanto os cadetes. Nem tão robustos.

O rosto de Trigger passa pela minha memória enquanto corro, e o calor repentino que sinto não parece relacionado ao exercício.

Sei que cada genoma é único e que não há duas classes parecidas, por causa da norma de Preservação e Distribuição Igual de Traços Genéticos. Mas não posso deixar de me perguntar por que os geneticistas se preocupam com outros genomas masculinos depois que o de Trigger 17 foi criado.

Sua forma é claramente um triunfo da engenharia genética, e não consigo imaginar como esforços futuros poderiam melhorá-lo.

Ou estou sendo injusta com os outros garotos?

Por que eu prefiro a forma física de Trigger? Por que eu deveria ter qualquer tipo de preferência?

Enquanto trotamos, percebo o movimento pendular do rabo de cavalo de Poppy. Estou morrendo de vontade de perguntar para ela qual genoma prefere, mas tenho certeza de que minhas irmãs nunca prestaram atenção nos meninos da nossa Divisão, muito menos nos de outras, e perguntar só mostraria a elas como eu estou diferente.

Ao passar pela Academia de Especialistas, meus pensamentos viajam para a escadaria onde toquei o rosto de Trigger. Lá na frente está a Academia de Artes, onde...

Um movimento na minha visão periférica atrai meu olhar e desacelero um pouco quando percebo duas oficiais idênticas ao lado de um carro de patrulha parado no meio da rua. Em vez do uniforme típico, elas estão vestidas de preto, e uma delas gesticula irritada para uma menina que está na calçada. Embora eu não consiga ouvir o que estão dizendo, está claro que a oficial quer que a menina entre no carro.

Tampouco reconheço o uniforme da garota. Suas calças são azuis e justas, mas a blusa é de um vermelho claro que não consigo associar a nenhum Departamento. Depois de olhar para ela algumas vezes, uma das oficiais a empurra para o banco de trás do carro e fecha a porta.

Por que a garota está sozinha? Para onde as oficiais a estão levando? E por que ela resistiria, se desobedecer uma ordem é motivo para uma análise de DNA em busca de falhas genéticas?

As oficiais sentam-se nos bancos da frente e, à medida que o veículo começa a andar ao longo da faixa de cruzeiro pintada na rua, vejo a expressão irritada da garota de perfil. Não reconheço seu genoma. Ela tem a pele de um tom bronzeado e cabelos castanhos mais compridos do que se considera prático para alguém da Força de Trabalho ou da Defesa.

Talvez ela seja da Administração. Não temos muito contato com os administradores em treinamento, exceto quando eles começam a praticar mandar em nós, então ela provavelmente pertence a uma classe que não notei antes. E quem, além de alguém da Administração, ousaria argumentar com um soldado?

Volto a olhar para a frente para ver se alguém notou o incidente, mas o restante da minha classe está observando outra coisa.

Uma multidão se aglomerou na frente da Academia de Defesa, mas parece estar parada em filas muito bem-ordenadas. Alguns passos à frente, entendo o porquê: a multidão é composta de soldados – não cadetes – e eles estão em formação, vestidos com uniforme completo.

Centenas deles. Talvez milhares.

Belay 35 reduz a velocidade, e nós desaceleramos junto até parar na calçada. Então observamos.

– Todos façam um pequeno intervalo e bebam água – Belay 35 diz alto sem nem mesmo olhar para nós.

Por um momento, ninguém se move. Normalmente não fazemos uma pausa até completar o primeiro circuito da ala de treinamento e, quando paramos, medimos nossa pulsação e esperamos Belay 35 registrá-la em seu tablet.

Isso não está certo.

Nossas filas retas aos poucos se desfazem em grupos desordenados e percebo que, embora não haja nenhuma regra contra isso, nossos grupos não ultrapassam a barreira de divisão por gênero. É como se as meninas e os meninos não tivessem interesse em conversar entre si.

– Por que há tantos soldados na Academia? – Violet pergunta enquanto abre a tampa de sua garrafa. – Algum tipo de exercício de treinamento?

Poppy enche a boca de água e engole, secando uma gota do queixo.

– Os formados ainda fazem exercícios de treinamento?

Não sei. Na verdade, não faço ideia do que os cadetes fazem depois de se tornarem soldados, além de ter uma missão geral de proteger e defender. Penso em perguntar para Trigger um dia...

Não. Não posso perguntar nada a Trigger, porque nós não podemos mais nos encontrar.

Por que é tão difícil me lembrar disso?

– Classe! – chama Belay 35. Nos viramos todos ao mesmo tempo, e todas as conversas cessam, num silêncio atento. – Fiquem aqui e descansem por um minuto. Eu já volto. – Sem esperar para ter certeza de que suas ordens seriam seguidas, já que não há muita dúvida quanto a isso, nosso instrutor corre em direção à Academia de Defesa.

– Que estranho – comenta Sorrel enquanto vemos ele se distanciar, e ouço o mesmo sentimento ecoar entre os outros estudantes ao nosso redor. Nunca vi um instrutor tão curioso assim sobre o que está acontecendo em outra Divisão, o que definitivamente não nos diz respeito. Mas Belay 35 está indo na direção da Academia de Defesa para obter algumas respostas.

– Tem mais vindo aí – diz Poppy, olhando por cima do meu ombro. Eu me viro e vejo um grupo grande de soldados correndo em formação do outro lado do gramado comunal, com uniformes bem passados e passos emudecidos pela grama sob os pés. Cada soldado carrega uma bolsa de viagem preta sobre o ombro e um fuzil atravessado na frente do peito.

Violet protege os olhos do sol com a mão.

– Eles parecem jovens.

Olho para os soldados e o resto do mundo parece escurecer. Todos eles têm o rosto de Trigger.

Mas o ano 17 ainda não se formou. Eles não podem usar uniforme de soldado. Eles ainda são cadetes.

Assustada, viro-me de novo para olhar aqueles que já estão em formação na frente da Academia de Defesa, e meu maior medo se confirma. Aqueles soldados, homens e mulheres, também são do ano 17.

– Eles estão se formando – murmuro. Trigger vai se mudar para a ala residencial e, mesmo depois de eu me formar, nossos caminhos provavelmente nunca vão se cruzar. Ele será enviado para mais longe do que nunca, para a floresta, e por períodos muito mais longos. Se Lakeview entrar em guerra, ele vai lutar. Pode ser que morra.

Nunca mais vou ver Trigger 17.

– Eles não podem estar se formando. A Defesa só se forma em setembro – observa um dos meninos de um grupo próximo ao nosso. – Ainda faltam quatro meses.

– Bem, ontem eles eram cadetes e hoje claramente são soldados – diz Sorrel. – Qual é a sua explicação?

Ele franze a testa.

– Não sei.

– Não nos cabe saber – acrescenta o menino ao lado dele. E, ao olhar seu casaco, percebo que é Indigo, que correu por dez minutos ao meu lado.

– Óbvio. – Poppy revira os olhos. – Mas se isso não fosse algo fora do comum, Belay 35 não...

A discussão acaba quando nossa atenção se volta para nosso instrutor, que agora está falando com o instrutor de outra classe, que também parou para olhar. Poppy está certa. Belay 35 não faria tanto estardalhaço por causa de sua curiosidade se o que estivéssemos vendo não fosse assustadoramente anormal.

Por que Lakeview formaria uma classe de cadetes de Defesa quatro meses antes?

Belay 35 volta e ordena que voltemos a formar duas filas. Ele não nos oferece nenhuma informação, e não sei se alguma explicação lhe foi dada.

A única pessoa que sei que tem a resposta e estaria disposta a compartilhar comigo está no meio dos cadetes que vão se formar, prestes a marchar para longe da minha vida para sempre.

E nunca saberemos o porquê.

SETE

POR DIAS PRESTO ATENÇÃO NO ROSTO de todo soldado que vejo, esperando, apesar da baixa probabilidade, que de alguma forma Trigger 17 tenha sido designado para patrulhar a ala de treinamento após a formatura. As chances de isso acontecer são poucas para uma Unidade das Forças Especiais, mas não consigo deixar de ter esperança.

Contudo, nenhum dos soldados que vejo em volta do gramado comunal tem o rosto de Trigger, e os cadetes que restaram são mais novos do que os do ano 16. Uma semana depois daquela formatura inesperada, me obrigo a enfrentar a realidade de que Trigger se foi.

É por isso que, semanas depois que mentalmente lhe dei um adeus, fico pasma ao sair da Academia de Força de Trabalho para nosso dia de campo mensal e ver Trigger 17 olhando diretamente para mim, vestido com o uniforme de recreação dos cadetes.

Tenho certeza de que é ele, mesmo sem a trança vermelha e embora eu não esteja perto o bastante para ver a cicatriz em seu antebraço. Sei pelo jeito como ele me olha, ainda que eu seja igualzinha às garotas que saem da Academia em direção ao gramado.

Ele está na companhia de cinco idênticos, formando um esquadrão de seis, encarregado de supervisionar uma competição na qual várias dezenas de cadetes do ano 15 lutam em duplas no centro de um círculo formado por seus colegas. Os cadetes do ano 17 estão atuando como juízes e orientadores, e o instrutor parece avaliar o desempenho de ambos enquanto mexe no tablet.

O tempo parece ficar suspenso enquanto Trigger e eu olhamos um para o outro, mas sei que se passaram apenas alguns segundos quando Poppy me arrasta pelos degraus, em direção ao nosso primeiro evento, sem perceber a minha hesitação.

– Ei! – Eu a puxo e a faço parar. – Aqueles não são os cadetes do ano 17 da Divisão que se formou no mês passado? – Será que ela consegue ver o que eu estou vendo ou estou apenas imaginando tudo aquilo?

Poppy acompanha meu olhar e seu murmúrio é prova suficiente.

– É. Acho que nem todos se formaram.

Fico tão aliviada quando ela concorda que deixo escapar o ar. Sequer percebi que estava prendendo a respiração.

– Mas, Dahlia, você precisa se esquecer dele e desse fascínio esquisito – ela sussurra enquanto me arrasta pela grama fria do outono. – Ele provavelmente já se foi faz tempo.

Não argumento pelo mesmo motivo que não contei sobre ter conversado com Trigger na escadaria. Poppy é minha *melhor amiga.* Ela é a última pessoa no mundo que eu gostaria que carregasse o fardo de ter uma informação tão perigosa.

Ela merece nada além da total ignorância sobre qualquer falha genética que possamos ter.

– Por que a cidade formaria apenas parte de uma Divisão?

Poppy dá de ombros.

– Por que eles formariam aquela parte da Divisão quatro meses antes? Quem sabe os motivos pelos quais a Administração faz o que faz? Só sei que isso não é da nossa conta. Vamos. – Ela sai em direção ao gramado comunal, onde nossas idênticas já estão montando o equipamento esportivo e se dividindo em equipes sob a supervisão de Belay 35 e alguns outros instrutores de educação física. Todos os instrutores do ano 35 são iguais a Belay 35, mas há vários outros genomas de outros anos representados ali.

Entre as práticas de vôlei, futebol e corridas de revezamento, olho para os cadetes do outro lado do gramado comunal, mas, a distância, não sei dizer qual dos corpos vestidos de preto e qual dos olhos castanhos pertencem a Trigger 17. Pela primeira vez, entretanto, percebo a diferença entre nossa recreação e a dele.

As atividades de educação física da Força de Trabalho consistem exclusivamente em esportes de equipe. Já os cadetes, embora torçam uns pelos outros e gritem conselhos para seus colegas, têm atividades que colocam um cadete contra o outro. As corridas deles não são de revezamento. Eles jogam tênis um contra um. Competem no tiro ao alvo. Seus esforços, tanto seus sucessos quanto seus fracassos, são individuais.

Não sei se o jeito deles é melhor do que o nosso, mas também não tenho certeza de que seja pior. Acho que é apenas diferente. E fico surpresa por nunca ter percebido isso antes.

Depois da minha vez na corrida de revezamento, olho e vejo que o exercício dos cadetes terminou e os últimos integrantes do ano 15 estão fazendo fila de volta para sua Academia. Os orientadores do ano 17 não estão em parte alguma.

Não consigo me livrar do desapontamento nem mesmo quando Violet bate no meu ombro com o bastão que ela carregou pela linha de chegada, conquistando a vitória no campeonato de corrida de revezamento para nossa equipe. Até os cupcakes da nossa vitória têm um gosto amargo, embora chocolate seja meu sabor favorito. Mal ouço o discurso do nosso instrutor de educação física elogiando nosso trabalho em equipe e dedicação ao esforço em grupo em vez de à glória individual.

Quando Belay 35 pede um voluntário para devolver o equipamento esportivo ao barracão atrás da Academia, levanto a mão. Preciso de alguns minutos sozinha para assimilar a informação de que Trigger 17 não desapareceu. Não por enquanto, pelo menos. Coloco a fita dos bastões no meu bolso, jogo a sacola de bolas sobre o ombro esquerdo e prendo os bastões de revezamento debaixo do braço direito. Saio em direção à parte de trás do prédio, apesar da surpresa do meu instrutor por eu não ter escolhido uma idêntica para me ajudar.

No barracão, guardo as bolas de vôlei e futebol nas prateleiras correspondentes e jogo a sacola vazia dentro de um cesto lotado de outras iguais. Estou contando os bastões de revezamento para ter certeza de que todos foram recolhidos quando ouço a porta atrás de mim se fechar.

Levo um susto e me viro. Os bastões caem no chão, fazendo barulho. Não consigo ver nada no escuro e não consigo lembrar onde fica o interruptor de luz.

– Dahlia, sou eu.

Não reconheço Trigger 17 pela voz, mas pelo carinho com que diz meu nome, pelo jeito casual de sua declaração, como se pudéssemos simplesmente continuar de onde paramos.

Talvez possamos.

– Achei que você tivesse ido embora com o restante da sua Divisão – digo no escuro. – O que você ainda está fazendo aqui?

– Ido embora? Ah, os formandos? – A silhueta dele dá de ombros contra a escuridão mais densa. – Aqueles eram cadetes da infantaria. Cerca de 3 mil ao todo. Ainda restam cerca de mil cadetes, e somos todos especialistas. Linguistas. Peritos em explosivos. Forças Especiais.

– Por que a infantaria se formou mais cedo?

– Quem sabe? Acho que Lakeview precisa de mais uns soldados.

– Mas eles não terminaram o treinamento, ou terminaram?

– *Nós* é que não terminamos. – Sua sombra coloca uma mão sobre o coração, um movimento que mal consigo identificar no escuro. – Mas não é necessário muito treinamento para levar um tiro.

– Por que a cidade precisaria de mais infantaria se não estamos em guerra? Ou estamos?

A sombra de Trigger dá de ombros de novo.

– Não que eu saiba. Estive no campo por quase um mês, e a única coisa que quero ver agora é você.

Ele dá um passo à frente e perco o ar.

– O que você está fazendo? – Não sei se meu pulso está acelerado por causa do susto que ele me deu, pelo fato de ele não ter se formado e ido embora, ou por saber que estamos sozinhos no escuro. Ou porque agora eu posso tocá-lo de novo. Será que ainda é cedo demais para sua barba ter crescido e ele ainda está com o rosto macio?

Será que ele quer que eu o toque?

Não importa. Por mais que eu esteja feliz em vê-lo, não podemos ficar aqui. Mesmo que os cadetes das Forças Especiais tenham alguma liberdade quando não estão nas aulas, eu não tenho. Meu instrutor está me esperando.

– Trouxe uma coisa para você. – Há um tom diferente na sua voz, um entusiasmo ansioso. Sinto o mesmo quando chega a hora de limpar o canteiro de água e plantar alguma coisa novinha em folha. – Vi você entrar aqui sozinha e achei que seria a melhor oportunidade de te entregar. Este barracão pode ser a nossa nova escadaria.

Engulo seco e lembro a mim mesma que tenho de respirar. A última frase dele não faz sentido, mas eu a entendi perfeitamente.

Ele se aproxima, e posso vê-lo melhor, agora que meus olhos se ajustaram à pouca luz. Ele está segurando uma coisa pequena e arredondada entre o indicador e o polegar de sua mão esquerda, e me pergunto se o seu genoma é canhoto. Então percebo que o que ele está segurando tem uma silhueta familiar.

Aperto os olhos no escuro.

– Isso é...

– Um amendoim. Tirei a planta da terra ontem à tarde, no meio do caminho entre Lakeview e Riverbed, e guardei este para você. – Ele coloca o amendoim na palma da minha mão e eu o levanto até o rosto para ver melhor. Tem cheiro de terra. Ainda há alguns torrões de terra presos à casca.

A agricultura hidropônica tem sido o padrão há gerações, porque podemos plantar quantidades maiores de produtos de alta qualidade de forma muito mais eficiente num ambiente controlado. Mas, de alguma maneira, assim como a cenoura, este amendoim natural parece... resistente. Deve ser, para ter sobrevivido lá fora sozinho sem ninguém adubando, regando ou monitorando sua saúde e o estado do seu ambiente.

– Devo comê-lo?

Ele dá risada.

– É o que normalmente se faz com um amendoim.

– Mas, se eu comê-lo, ele acaba.

– E, assim como com a cenoura, vou trazer outros, Dahlia. Sei onde encontrar.

Mas ele não deveria ter uma oportunidade de me trazer outro amendoim porque nós não devemos nos encontrar mais. Nós não deveríamos estar conversando. Não consigo me lembrar de nenhuma regra que proíba especificamente trazer alimentos da natureza para a cidade, mas tenho certeza de que ele teria problemas por causa disso se alguém descobrisse.

De alguma forma, porém, acredito nele. Haverá outros amendoins.

Abro a casca com uma mão e tiro a parte de cima. Alojados na parte de baixo estão três grãos redondos, que ele provavelmente chamaria de nozes. Eles estão perfeitamente formados e cobertos com uma pele avermelhada fina. Embora tenha crescido sem fertilizante, atenção constante ou espaço apropriado, não vejo nenhuma falha evidente neste amendoim natural.

Derrubo os grãos na palma da mão e jogo os três na boca.

Trigger 17 olha para mim enquanto mastigo e, para minha surpresa, consigo sentir a diferença entre este amendoim natural e os que servem para nós como lanches ricos em proteína. Talvez seja uma variedade diferente. Ou talvez métodos diferentes de cultivo produzam sabores diferentes. De qualquer forma, fico fascinada. Quero ver onde este amendoim cresceu. Quero ver *como* ele cresceu.

Gostaria de saber se os amendoins que crescem sozinhos, sem ninguém controlar seus ambientes, podem ser tão fortes quanto os amendoins que crescem aos milhares, lado a lado num canteiro sob circunstâncias ideais.

Mas essas são coisas que eu jamais deveria saber.

Trigger 17 é alguém que eu nunca deveria conhecer, e nós não deveríamos estar aqui. Especialmente considerando que ele não tem nenhuma chance de se infiltrar em nenhum sistema para conseguir mais tempo para nós.

– Preciso tomar banho e estar de volta à minha mesa em vinte minutos. – Digo isso, mas consigo ouvir a relutância na minha própria voz.

Ele dá mais um passo na minha direção.

– Em quanto tempo você consegue tomar banho? – Sua voz de repente fica grave e séria, e a pergunta lança um raio de ansiedade que me atravessa e vai parar no fundo do estômago.

– Eu... – Meu corpo inteiro parece formigar, e não sei por quê.

– Eu não parei de pensar em você – ele sussurra. Fico aliviada ao perceber que não sou a única assombrada pelo tempo que passamos na escadaria. – Quando eu como, me pergunto se foi você quem plantou a comida. Quando vejo uma flor, me pergunto se não é uma dália. Nada mudou, que eu saiba, mas tudo parece diferente. É como se você estivesse no canto da minha visão onde quer que eu vá, mas, quando eu me viro para olhar, você nunca está lá.

Respiro fundo, mas imediatamente preciso de mais ar. Faz semanas que me sinto da mesma forma.

– Por quê? – pergunto a ele, apesar das minhas bochechas enrubescidas, agora tão comuns. – Por que não consigo tirar você da minha cabeça?

O que é esse sentimento? Por que me sinto atraída por ele como um ímã por um metal, quando sei que apenas isso é suficiente para significar problemas para nós dois? A Administração não faz nenhum esforço para manter os meninos e as meninas da Academia de Força de Trabalho separados, mas nós não temos permissão nem para falar com pessoas de outros Departamentos. Será que é esse o motivo?

– Porque você está atraída por mim. – O olhar de Trigger parece me enxergar fundo. – E é bem recíproco.

– Não entendo o que isso significa. – Mas talvez eu entenda, pelo menos um pouco. Minhas mãos são atraídas pelo seu corpo, seus braços, seu peito. Meu olhar é atraído pelo seu rosto e se prende à sua boca de novo, mesmo no escuro.

– Eu sei. A Força de Trabalho não se confraterniza de verdade. As meninas vivem ao lado dos meninos na sua Seção, mas é como se vocês não tivessem interesse uns nos outros, não entendo por quê. A menos que os meninos da sua união não tenham uma aparência muito diferente das meninas.

– É diferente na Defesa? A confraternização de vocês é mais parecida com isto... Com esta atração? – Quero que ele diga sim, porque isso significaria que o que é considerado uma falha em mim não é considerado uma falha em *todas* as garotas. Isso faria com que eu me sentisse menos problemática. Ao mesmo tempo, entretanto, quero que ele diga não, porque não gosto de pensar em Trigger 17 sentindo esta atração estranha e eletrizante por outra menina.

– Sim. Toda vez que saímos da cidade, estamos arriscando nossas vidas. Para continuarmos trabalhando bem e de forma eficiente sob esse tipo de pressão, temos permissão para relaxar num nível correspondente ao nosso nível de estresse. Isso vale tanto para os cadetes homens quanto mulheres.

Franzo o cenho para ele no escuro.

– Só entendi metade do que você falou. – Mas o que entendi só fez aprofundar o calor que se espalha por mim.

A única informação que tenho sobre meninos e meninas serem atraídos uns pelos outros vem de um imperativo biológico, agora obsoleto, que minha classe aprendeu na unidade básica de biologia no ano 15.

Assim como as plantas que crescem na terra, antes as pessoas também cresciam na natureza. As crianças eram produzidas uma por vez, e só de vez em quando apareciam duas ou três juntas, e mesmo essas raramente eram iguais umas às outras. A fertilização era suja e ridiculamente ineficiente. O processo requeria um homem e uma mulher, em vez de um geneticista e um laboratório, e a concepção nunca era garantida, mas como essa era a única forma de reprodução da humanidade primitiva, homens e mulheres eram atraídos uns pelos outros com o propósito de procriar.

A coisa toda era bruta e pouco civilizada, mas nenhum desses adjetivos parecem se aplicar à forma como me sinto sob o olhar de Trigger. Sinto que meu coração é grande demais para sua cavidade e minha pele está vermelha demais para estar numa temperatura normal.

Isso não deveria estar acontecendo. A humanidade já passou da fase de precisar desses desejos e dessas reações biológicas. Mas Trigger não parece surpreso nem confuso.

– Vou te mostrar. – Ele dá outro passo na minha direção. – Posso beijá-la?

– Beijar… – Minha pergunta morre na língua enquanto as mãos dele pousam sobre meus ombros e deslizam pelos meus braços. Ele se inclina na minha direção e respiro rápido, surpresa. Então seus lábios tocam os meus e perco a capacidade de pensar. Só consigo sentir, e nunca senti nada parecido em toda minha vida.

Isto não é um beijo. Um beijo é aquilo que as babás dão nos joelhos ralados das crianças no dormitório primário. Um beijo é o que as idênticas dão umas nas outras para celebrar uma vitória de equipe. Um beijo alivia a percepção da dor e aumenta o sentimento de sucesso. Isto é algo totalmente diferente.

Este beijo atiça o fogo que queimava lento no meu estômago como se tivessem jogado um fósforo numa poça de combustível.

Trigger suga suavemente meu lábio inferior e minha boca se abre com a surpresa. Ele passa a mão nos meus cabelos, virando minha cabeça para encontrar um ângulo melhor, e sinto o roçar suave dos seus dentes. A ponta da sua língua passa pelo meu lábio superior, então entra na minha boca, e meu mundo explode numa vibração e intensidade que nunca imaginei possível.

Quando Trigger se afasta, estou sem fôlego. E sedenta por mais.

– Isto é um beijo – ele sussurra.

Embora meus 16 anos de experiência de vida argumentem o contrário, de repente tenho certeza de que ele está certo, que fui tragicamente enganada nessa questão.

– Mostre-me de novo.

Estamos bem no meio do nosso segundo beijo quando a porta se escancara. A luz fortes do dia se infiltra no nosso momento particular. O terror toma conta de mim.

Belay 35 está parado na porta. Atrás dele estão dois soldados idênticos do ano 22.

– Dahlia 16! – berra meu instrutor enquanto os soldados passam por ele.

– Não! Espere! – Trigger grita enquanto eles o arrastam para longe de mim. – Isto não é culpa dela. Eu que entrei aqui. Eu fiz isso.

Ouço um ruído como de um zíper se fechando quando os soldados prendem as mãos de Trigger nas costas com uma braçadeira de plástico.

– Vocês dois estão detidos sob a custódia da Administração por violarem a diretriz de confraternização – um dos soldados nos informa.

Meu coração acelera quando eles me viram de costas e me empurram contra a estante de bolas de vôlei. Várias bolas caem e quicam no chão. Um dos soldados puxa minhas mãos para trás enquanto o outro as prende com uma braçadeira. O plástico prende meus pulsos juntos e belisca minha pele, mas eu só entendo o significado de palavras como "medo" e "humilhação" quando eles me arrastam para fora do barracão.

Uma classe de carpinteiras do ano 16 assiste a tudo do gramado, esquecendo seu jogo de futebol. Elas olham para mim, chocadas, com expressões que refletem exatamente o medo que a minha própria face deve estar mostrando, porque todas temos o mesmo rosto.

Não, nós compartilhamos muito mais do que isso. Se há algo de errado comigo, também há algo de errado com elas. Elas sabem tão bem quanto eu o que significa minha prisão.

Enquanto os soldados me arrastam pela calçada sinuosa em direção ao portão de saída da ala de treinamento, os instrutores de educação física começam a reunir as jogadoras de futebol, levando várias dezenas de idênticas aterrorizadas para a Academia para aguardar instruções da Administração.

Outros grupos de idênticas param de andar, de correr, de capinar canteiros de flores para me encarar com uma fascinação desinteressada. Minha prisão não é uma ameaça para quem não compartilha meu rosto.

Não sei para onde levaram Trigger. A única coisa que sei com certeza é que consegui me destacar das minhas colegas de novo. Desta vez, porém, me tornei um espetáculo. Está claro que tenho um defeito.

E o mundo não tem lugar para defeitos.

OITO

O CARRO DE PATRULHA para diante do Departamento de Administração e um dos soldados me ajuda a descer do banco de trás, porque minhas mãos continuam atadas. Eles me acompanham pelo saguão e as pessoas se viram para olhar. A cada passo, meu rosto fica mais quente. Cady 34 estava certa: não fui feita para ser nada além de um único pixel de uma imagem muito maior.

Não fui feita para chamar atenção sozinha.

Nós atravessamos o saguão iluminado até o mesmo elevador que Trigger e eu compartilhamos semanas antes, mas não sei dizer se os soldados estão cientes da coincidência. Penso naquele dia à medida que o elevador sobe e, mesmo agora, não me arrependo de ter falado com Trigger. Quando as portas se abrem no último andar, o soldado me puxa tão rápido que não consigo ler nenhuma das placas.

Não tenho ideia de qual escritório fica no 14º andar do Departamento de Administração.

Os soldados marcham comigo por vários corredores, passando por várias portas que eles têm de abrir escaneando o código de barras em seus pulsos. Cada porta leva a outro corredor com mais portas fechadas. Este lugar é um labirinto.

As salas não têm nomes nem números, e isso me causa um aperto no peito. Sem placas ou sinais, como alguém pode saber que tipo de trabalho acontece aqui? Como as pessoas sabem se estão no lugar certo ou não?

Não devemos saber esse tipo de coisa?

Por fim, sou levada para uma área aberta da qual saem vários corredores. Os soldados me acompanham pelo primeiro corredor à esquerda e um deles coloca o pulso debaixo de um sensor acoplado à porta. Uma luz verde se acende e a porta se abre com um ranger da dobradiça.

– Estique sua mão – diz o outro soldado.

Meu coração acelera quando ele retira um objeto do formato de uma caneta de um dos bolsos. Tento puxar minha mão de volta, mas o outro soldado segura meu pulso. Ele o aperta com força, me machucando. Meu coração bate tão forte que minhas costelas doem.

Este é o meu pior pesadelo.

– Eu não tenho defeito. – Sei que isso é mentira, mas o terror roubou minha coragem. Com um choque de estilhaçar a alma, percebo que não quero morrer, não importa o que isso signifique para Lakeview. Não quero que Poppy e as outras meninas que têm o meu rosto morram. Eu preferiria tê-las ao meu redor – com falhas e tudo mais – do que perdê-las para o bem da cidade.

O primeiro soldado pressiona a caneta contra a parte interna do meu indicador e de novo tento puxar a mão, mas é inútil resistir. Ele aperta um botão no topo da caneta. Uma agulha sai da parte de baixo e entra na minha pele. A picada é insignificante, mas ecoa dentro de mim como um ferimento mortal.

Quando ele solta o botão, a agulha suga várias gotas de sangue, para que meu genoma possa ser estudado em busca de falhas. O soldado solta meu braço e me empurra para dentro da sala que eles acabaram de destrancar; antes que eu possa respirar fundo, eles fecham a porta.

Ouço o trinco e um arrepio percorre minha pele.

Os passos dos soldados ficam mais leves à medida que eles se afastam, e eu me viro para olhar pela janela da porta. O corredor está deserto. Há várias outras portas fechadas com janelas de vidro idênticas, mas as salas que consigo ver estão todas escuras e evidentemente vazias.

A minha também está vazia, exceto pela minha presença. Não há carpete nem móveis. As paredes, o chão, o teto e a porta são todos feitos de um material macio, e todas as superfícies são pintadas do mesmo cinza claro. A repetição é desorientadora. Não sei dizer onde o chão termina e as paredes começam até estar praticamente parada no canto da sala.

Esta sala parece que não pode existir de verdade, e dentro dela sinto que também não existo. Talvez isso seja intencional. Para me acostumar com a inevitabilidade do que vai acontecer.

Genomas defeituosos e ineficientes devem ser recolhidos, para o bem da cidade. Esse é o princípio mais fundamental de uma sociedade produtiva e ordenada. Não houve nenhum recolhimento durante a minha vida, mas eu sempre soube que isso poderia acontecer. Sempre soube que isso *deveria* acontecer se Lakeview carregasse o fardo de um genoma defeituoso.

O que eu não sabia é como os idênticos defeituosos ficariam aterrorizados. Como eles relutariam em abrir mão de suas vidas e simplesmente cessar de existir pelo bem da cidade.

Jamais imaginei que o compromisso altruísta poderia ser tão aterrorizante.

Ouço barulho de passos lá fora e pressiono meu rosto contra a janela da porta – a única coisa que se destaca nesta estranha sala cinzenta. No corredor, dois outros soldados escoltam um homem com um jaleco branco de laboratório em direção à sala na frente da minha. Seus olhos são azuis como os meus, seu cabelo está começando a ficar grisalho, e seu rosto não é alinhado. Nunca vi seu genoma antes, mas o jaleco de laboratório só pode significar uma coisa: ele é um cientista do Departamento de Especialistas.

Os soldados destrancam a porta e, enquanto empurram o homem para dentro da sala, ele se vira para argumentar, segurando desesperado o batente da porta. O nome bordado no lado esquerdo de seu jaleco é Wexler 42.

A porta se fecha, emoldurando seu rosto com o quadrado de vidro, e o olhar de Wexler encontra o meu. Ele fica parado quando os soldados se retiram, deixando-nos de frente um para o outro. Wexler franze a testa, estudando minhas características. Então ele me reconhece e tropeça atrás da porta, de olhos arregalados.

Ele me conhece. Ou, pelo menos, conhece meu rosto.

Não é surpresa que ele tenha visto uma – ou, mais provável, um par – de minhas idênticas em algum lugar na cidade. Há cinco mil de nós, afinal. Mas por que ele parece tão chocado? Por que olhar para mim o deixa claramente tão aterrorizado?

Wexler dá um passo à frente de novo até que seu nariz quase pressione o vidro. Ele estuda o que pode ver das minhas características e a intensidade de seu olhar causa arrepios nos meus braços.

Por fim, ele pisca e se afasta da janela. A porta de sua cela se abre. Só uns centímetros. Como não soa nenhum alarme e não há ruído de passos correndo, ele empurra a porta até o fim, abrindo-a.

Eu o observo, estupefata. Como foi que ele...?

Meu olhar pousa sobre a fechadura da porta e vejo uma tira branca sobre o buraco, que impediu que a lingueta entrasse, trancando-a. É algum tipo de fita, que ele obviamente colocou lá durante sua luta com os soldados. Será que ele a pegou ao sair do laboratório quando os soldados foram buscá-lo? Como ele sabia que iria precisar dela?

Wexler 42 sai no corredor e olha para os dois lados, com o corpo tenso. Ele está pronto para correr.

Em vez disso, ele atravessa o corredor na minha direção. Uma luz verde se acende na minha porta, e ele a abre; ele destrancou minha cela com o código de barras em seu pulso. Os cientistas, evidentemente, têm grande acesso à segurança.

Wexler e eu olhamos um para o outro, desta vez sem os vidros entre nós. Um pequeno sorriso paira em sua boca enquanto ele estuda meu rosto.

Só percebo que estou prendendo a respiração quando falo.

– Quem… – Inspiro e tento de novo. – Quem é você? – sussurro.

– Sou o homem que a colocou nesta confusão.

– O quê? Não entendo. – Foi Trigger 17 quem me colocou aqui. *Eu* me coloquei aqui.

O olhar do cientista desce até o bordado na parte da frente do meu casaco.

– Dahlia. – Ele diz o meu nome como se o estivesse saboreando. Então olha dentro dos meus olhos e sussurra mais uma palavra. – *Corra.*

Wexler 42 se vira e seus passos se arrastam pelo corredor, na direção oposta à que os soldados foram.

Meu estômago se revira. Seguro a porta antes que ela possa se fechar e coloco a cabeça para fora no corredor a tempo de vê-lo desaparecer atrás de uma porta cuja placa indica uma escada.

Wexler 42 se foi, e minha cela está destrancada.

Minhas pernas estão doidas para se mover, mas qual o sentido de correr? Não tenho para onde ir. Contudo, se eu ainda estiver aqui quando descobrirem qual é a falha no meu DNA, serei sacrificada junto com minhas idênticas, para o bem da cidade.

Antes que eu consiga decidir o que fazer, passos pesados ecoam na minha direção, acompanhados de vozes.

Em pânico, coloco a mão no bolso e fico aliviada ao ainda encontrar nele o rolo de fita para os bastões. Tiro um pedaço e uso da mesma forma que Wexler fez, para impedir que minha porta se tranque enquanto eu a fecho com cuidado e silenciosamente.

Os passos e vozes se aproximam. Outro soldado aparece no corredor com um homem de terno e gravata. No crachá preso no bolso do paletó se lê "Ford 45, Chefe do Departamento de Administração".

Ele é encarregado de todo do Departamento de Administração. O que significa que responde apenas à Administradora.

Quando Ford vê que a sala na frente da minha está aberta, seu rosto fica num tom vermelho alarmante.

– Envie um sinal de alerta sobre Wexler 42 para todas as unidades de patrulha – grita o administrador. – Incluam o código do genoma dele e uma fotografia, mas não divulguem detalhes específicos. E retirem as permissões de acesso dele – ordena.

O soldado tira um pequeno tablet do bolso e começa a digitar nele, e entendo que o código de barras do cientista não vai mais destrancar portas para nenhum de nós.

– E traga o supervisor de Wexler aqui para explicar com o que estamos lidando – acrescenta Ford 45. – Todo aquele papo de "hélice" e "alelo" do laboratório de genética soa estapafúrdio para mim.

Laboratório de genética? Wexler é um *geneticista*? Por que a Administração prenderia um geneticista minutos depois da minha prisão?

Ford se vira para me olhar através do vidro na minha porta, mas parece até que ele está fitando um móvel, considerando a total falta de emoção. Então ele marcha pelo corredor, com o soldado em seu encalço ainda digitando em seu tablet. Pouco antes de eles saírem do alcance dos meus ouvidos, ouço Ford dizer:

– Se eu não souber exatamente o que há de errado com ela em dez minutos, você vai limpar banheiros no quartel pelo resto da sua vida.

Meu coração bate tão rápido que a pequena sala começa a girar ao meu redor. Eu me apoio nos calcanhares para evitar cair.

Wexler não é apenas *um* geneticista. Ele é o *meu* geneticista. O cientista que criou o meu genoma. A Administração o colocou sob custódia no caso de encontrar alguma falha no meu DNA, pela qual ele seria responsabilizado.

Pela qual cinco mil idênticas minhas, inclusive eu, serão recolhidas.

Sou o homem que a colocou nesta confusão.

De repente sua declaração faz certo sentido.

Por que Wexler fugiria a menos que ele *já* soubesse o que o exame genético iria revelar? Por que ele falaria para *eu* correr a menos que ele soubesse que nós dois seríamos recolhidos?

Há algo de errado comigo, e o único homem que sabe qual é o problema acabou de fugir para se salvar.

E me deu a oportunidade de me salvar também.

Com o coração aos pulos, empurro a porta da minha cela e espio o corredor. Quando tenho certeza de que está vazio, corro em silêncio até as escadas o mais rápido possível.

A porta da escadaria se fecha atrás de mim com uma suave lufada de ar, e o silêncio repentino à minha volta é de dar nos nervos. Wexler já se foi faz tempo.

Piso em cada um dos degraus devagar e com cuidado, para evitar tropeçar e fazer barulho, mas depois de descer três andares, meus passos entram na cadência do meu medo, correndo como a batida do meu coração. O que há de errado com meu genoma? O que acontecerá se eu for pega? O que será que se sente na eutanásia? Será que minhas idênticas serão avisadas ou alguém simplesmente vai reuni-las?

Minha mão aperta o corrimão ao pensar nisso. Fora as estudantes de carpintaria que me viram sair do barracão com Trigger, nenhuma das minhas idênticas tem a mínima ideia do que eu fiz.

Nenhuma delas agiu de acordo com a possível falha que temos. Elas nem sabem nada sobre isso. Sua capacidade de servir a cidade de Lakeview de forma eficiente não está comprometida. Então por que elas deveriam pagar pelo meu erro?

Não posso correr para salvar minha vida e deixá-las para trás para serem recolhidas. Mas me entregar não vai salvar minhas irmãs.

Lágrimas turvam minha visão e eu tropeço. Voo para a frente, tentando agarrar o corrimão, e minha mão o alcança no último segundo, salvando-me de cair no próximo patamar. Por um momento, fico paralisada nas escadarias, com o coração batendo ainda mais rápido que meus pensamentos, mas chego à mesma conclusão inevitável o tempo todo.

Não posso salvá-las. Não posso nem mesmo avisá-las. Quer eu consiga escapar ou não, elas serão recolhidas sem nem mesmo entender por que foram sentenciadas à morte.

Poppy morrerá sem nem mesmo saber como eu a traí. Como eu traí todas elas.

Meus soluços ecoam pela escadaria. Surpresa com o som da minha tristeza, coloco uma mão sobre a boca, mas não consigo impedir as lágrimas. Violet nunca mais pegará o bastão de revezamento da minha mão nem me baterá com ele quando conquistar a vitória para o nosso time. Sorrel nunca mais recusará trocar seus tomates por minhas beterrabas nem vai dizer que eu respeite a sabedoria dos nossos nutricionistas. E Poppy…

Meus olhos se enchem de lágrimas, borrando as escadas à minha frente.

Poppy nunca mais sussurrará para mim do seu beliche no escuro, fantasiando sobre os canteiros imensos que vamos supervisionar depois de formadas. Ou sobre os quartos para duas pessoas e salas que dizem existir nas alas de residência dos adultos. Ou sobre as plantas enxertadas com as quais um dia vamos revolucionar a agricultura hidropônica.

Todas as amigas que eu já tive são iguaizinhas a mim, mas nós somos pessoas diferentes, e sentirei falta de cada uma delas de um jeito diferente. Com intensidade e motivos diferentes.

Vou sentir falta delas como indivíduos, enquanto Lakeview submete todas à eutanásia.

Ou vou ser pega e morrer com elas.

Eu me obrigo a continuar em frente, e a cada passo temo que o alarme toque, anunciando minha fuga. Ele soará parecido com a sirene do clima, imagino, mas não sei ao certo, porque nunca ouvi nenhum outro tipo de alarme. Coisas desse tipo não dão errado em Lakeview.

De alguma forma, fui a única coisa que deu errado na cidade em toda minha vida.

Depois de mais meio andar, ouço o ruído de metal ranger acima da minha cabeça quando uma porta se abre um lance acima. Em pânico, abro a porta do sexto andar. Um rápido olhar revela o fim de outro corredor vazio, então entro nele e fecho a porta o mais sutilmente possível.

Os soldados que vieram atrás de mim não ouvem a porta porque estão conversando. Com o coração aos pulos, olho para o fim do corredor do sexto andar, para ver se alguém se aproxima, então pressiono o ouvido contra a porta pela qual acabei de sair. Não tenho certeza se vou conseguir ouvir qualquer coisa com o barulho da minha pulsação acelerada, mas logo escuto passos. Então ouço as vozes dos soldados.

Pressiono ainda mais minha bochecha contra a porta, o metal frio contra minha pele, e me esforço para entender o que estão dizendo.

– ... não podemos simplesmente lançar o alarme e fazer com que a cidade inteira procure por ela? – pergunta a primeira voz, de uma mulher.

– O recolhimento de cinco mil idênticas leva algum tempo para ser organizado, e nós não estamos preparados para o pânico que isso geraria na Força de Trabalho se descobrirem o que aconteceu antes que a Administração tenha a oportunidade de divulgar uma declaração oficial – responde uma segunda voz feminina enquanto seus passos soam mais próximos do patamar do sexto andar. – Além disso, Ford 45 não quer que ninguém saiba que ele perdeu dois prisioneiros num intervalo de quarenta e cinco minutos até que ele possa reportar também que eles foram recapturados. Mesmo isso talvez não salve seu emprego.

Exalo devagar. Não haverá alarme e minhas idênticas ainda não estão sendo recolhidas. O que significa que o melhor lugar para eu me esconder, pelo menos por enquanto, é no meio das quatro mil novecentas e noventa e nove garotas idênticas a mim. Sem o nome bordado no meu casaco esportivo, ninguém saberá me distinguir das minhas amigas.

Quando os passos e vozes desaparecem, tiro meu casaco e o jogo dentro de uma lixeira no fim do corredor. Quando tenho certeza de que os soldados tiveram tempo de chegar ao térreo, abro a porta com cuidado mais uma vez e ouço com atenção. Apenas silêncio, então entro nas escadarias de novo e continuo minha descida sem fazer barulho.

As palavras dos soldados se repetem ininterruptas na minha cabeça. *Recolhimento. Pânico.*

Como Lakeview vai superar a perda de cinco mil novas trabalhadoras? Não somos todas necessárias? Quem nossos professores vão ensinar? Quem os supervisores de dormitório vão supervisionar?

Será que vai doer quando morrermos?

Meus pés fazem uma pausa nos degraus quando finalmente entendo essa realidade devastadora. Minha fuga é um sonho distante. Eu não tenho para onde ir. Eu nunca sequer estive além dos muros de Lakeview.

Não é razoável ter esperanças de evitar meu destino. Antes de morrer, entretanto, *preciso* saber o que Wexler 42 sabe.

Que tipo de defeito nós temos?

E, se ele sabia do defeito desde o começo, por que nos foi dada vida, afinal?

NOVE

APRESSO-ME NA SOMBRA DO PRÉDIO espelhado do Departamento de Administração, olhando para o gramado perfeitamente podado dividido pelas calçadas curvas. Por mais ansiosa que eu esteja para sair dali, morro de medo de dar o primeiro passo. Sozinha, sinto-me inquietantemente visível e vulnerável.

Mesmo sem meu nome bordado no peito, não posso simplesmente andar pela cidade, muito menos atravessar o portão até a ala de treinamento. Os soldados estão procurando por uma garota solitária igualzinha a mim. Preciso de camuflagem.

Com os pensamentos acelerados, olho para a torre do relógio na praça no centro da ala da administração. Menos de uma hora se passou desde que Trigger e eu fomos pegos. As divisões de agricultura – tanto de jardinagem quanto de hidroponia – já voltaram para as aulas, mas, como é dia de campo, várias das outras divisões ainda devem estar no meio da unidade de exercício. Uma vez que eu voltar para a ala de treinamento, tudo o que preciso fazer é encontrar outra classe de idênticas e me misturar até que elas voltem para o dormitório para tomar banho.

Sair da ala da administração é o verdadeiro desafio.

Olho para a praça, e a frustração amplifica meu medo. Fora os soldados em patrulha e uma ou outra dupla de administradores indo ou voltando de seus escritórios, a praça está deserta. Será que é sempre assim?

A ala de treinamento está sempre movimentada e cheia de estudantes. Por que há tão poucos adultos por aí no resto da cidade?

Meu pânico aumenta quando espio o gramado quase vazio. Eis que o ritmo familiar de passos rápidos chama minha atenção. Espio na esquina do prédio e vejo uma longa fileira de estudantes da Força de Trabalho correndo pela calçada em direção ao Prédio da Administração. São meninos – completamente inúteis para mim. Porém, atrás deles há uma classe de meninas, e atrás delas há uma fila aparentemente interminável de estudantes correndo.

Finalmente me dou conta do que estou vendo. Essas são as divisões que chegaram por último durante o dia de campo. Em vez de cupcakes da vitória, elas são obrigadas a correr em volta da ala de treinamento e da ala administrativa, e o infortúnio delas é a minha salvação.

Uma dessas divisões é composta por minhas idênticas. E eu ainda estou usando meu uniforme esportivo.

Do meu esconderijo, vejo classe após classe passar por mim, bufando de cansaço. Doze meninos do ano 16 com cabelo loiro e olhos castanhos. Quatorze garotas do ano 16 com cachos ruivos e sardas. Dezessete garotos do ano 16 com pele marrom clara e olhos verdes brilhantes. Dezesseis garotas do ano 16 com… o meu rosto.

Meu coração bate tão forte que chega a doer.

Como o dia de outono está quente, minhas idênticas não estão usando seus casacos, e com sorte ninguém vai perceber uma menina a mais.

Tomo coragem e corro no mesmo lugar, escondida, até que meu coração acelera não de medo, mas por causa do exercício. Até que o suor se forme na minha testa. Então, quando elas passam pelo meu esconderijo, entro no meio delas, mais para o fim da fila.

Quando damos a volta na praça, olho para o prédio da administração e percebo que há mais soldados do lado de fora do que havia minutos atrás, patrulhando aos pares. Eles estão procurando por mim, mas nenhum deles olha *para* mim. Sozinha, uma idêntica se sobressai, mas juntas nunca somos vistas.

Jamais fui tão grata por esse fato em toda minha vida.

Prendo a respiração quando nos aproximamos do portão da ala de treinamento, mas o guarda só faz sinal para passarmos. Somos muitas para ele se dar ao trabalho de nos escanear.

No meio do gramado comunal, o instrutor – que não é um dos idênticos de Belay 35 – ordena uma pausa. Meu coração bate contra meu externo quando a classe ao meu redor se divide em grupos menores, conversando e bebendo suas garrafas d'água.

Eu não tenho uma garrafa. Não tenho com quem conversar. Se eu me juntar a um grupo, será que ele perceberá que ali não é o meu lugar?

Será que eu seria capaz de identificar uma idêntica estranha entre minhas colegas de classe?

Eu certamente saberia se alguém tentasse imitar Poppy, Violet ou Sorrel. E suspeitaria de alguma coisa se Calla 16 de repente se tornasse simpática. Mas e o restante?

Nós temos mesas, estações de trabalho e dormitórios com nossos nomes. Tendemos a nos sentar com as mesmas amigas todos os dias no refeitório. Será que reconhecer minhas idênticas se resume a saber onde elas estarão num determinado momento?

– Blanch, o que você acha que está acontecendo? – pergunta uma garota à minha esquerda.

Blanch. Elas são da Divisão de Cozinheiras. As meninas ao meu redor terão nomes como Julienne, Simmer e Braise.

Eu me viro para acompanhar o olhar de Blanch e quase me engasgo com minha própria língua. Dois soldados idênticos estão conversando com o instrutor de educação física, gesticulando em direção ao outro extremo da ala de treinamento, em direção ao dormitório.

– Não sei – diz a garota ao lado de Blanch.

Com o coração doendo de tanto bater, casualmente chego mais perto do instrutor, parando a cada poucos passos para me alongar. Quando estou quase ao lado dele, inclino-me para tocar meus pés e me levantar com uma garrafa d'água que estava abandonada.

– ... um assunto de segurança. Nada para se preocupar – um dos soldados está dizendo. Mas é claro que há algo para se preocupar. A Defesa não dita o cronograma da Academia de Força de Trabalho.

O instrutor franze a testa.

– Não entendo. Ainda temos duas voltas em torno da ala antes...

– Você terá que parar o exercício mais cedo hoje – interrompe o segundo soldado. – Fomos instruídos para escoltar sua classe de volta ao dormitório, de onde você deve guiá-la ao refeitório para um lanche. Ordens da Administração.

– Um lanche? Mas eles...

– *Agora*, por favor – ordena o primeiro soldado.

O instrutor faz que sim, contrariado.

– Obrigado por seu serviço. – Então ele se vira para o resto de nós. – Classe, vamos interromper nossa corrida. – Será que os outros conseguem perceber como ele está nervoso? – Parece que a Administração tem uma surpresa para vocês no refeitório. Por favor, peguem suas garrafas d'água e sigam-me.

As meninas ao meu redor murmuram animadas enquanto entramos em fila novamente e eu passo ao lado da pobre garota parada que está procurando sua garrafa d'água.

No dormitório, quando todos se reúnem na frente do saguão dos elevadores, entro despercebida nas escadarias. Quando chego ao 18º andar, estou ofegante e com as pernas queimando. Mas não há ninguém no nosso andar para me ver sair da escadaria e entrar no quarto que divido com Violet, Sorrel e Poppy. Presumivelmente, minha Divisão está em aula na Academia.

Eu me sinto mal de pensar em como Poppy deve estar preocupada comigo.

O que Sorrel 32 disse a ela? O que *disseram* a Sorrel 32?

Meu peito parece afundar. Quanto tempo será que elas têm antes do recolhimento?

Sozinha no meu quarto do dormitório, estou tão nervosa que quase dou um pulo quando o vento do ar-condicionado que sai da abertura do teto faz meu cabelo voar. Tiro meu uniforme de recreação e o jogo dentro do tubo da lavanderia. Uma vez que estou na frente da câmera e alguém pode estar assistindo, não posso perder tempo tomando banho, então apenas troco de roupa e visto um uniforme limpo. Mas, em vez do meu casaco, pego um de Violet. O casaco dela não vai enganar um scanner de pulso, mas talvez usá-lo evite que eu tenha o pulso escaneado para começo de conversa.

Vestida, meu olhar passa por todas as camas e gavetas. Não faço ideia de como vai ser minha vida a partir de agora, mesmo que eu consiga escapar do recolhimento. Não consigo imaginar uma existência sem idênticas. Sem hidroponia. Sem aulas, refeitório ou recreação em grupo. Não consigo acreditar que não vou mais dormir neste quarto novamente. Não posso acreditar que nunca mais vou ver minhas colegas de quarto.

Não posso acreditar que meu momento de fraqueza no barracão de equipamentos levou à eutanásia iminente de cinco mil garotas. De todas as amigas que já tive.

Eu deveria acreditar que isso é inevitável. Se um genoma tem falhas, essa falha eventualmente aparece, permitindo que Lakeview elimine os trabalhadores inferiores para o benefício daqueles que permanecem. Mas não parece ser o caso.

Sim, eu me sinto atraída por Trigger 17, embora obviamente não devesse. Mas, se o elevador não tivesse quebrado, essa atração nunca teria tido chance de se desenvolver. Eu teria continuado com minha vida e meu trabalho, sem saber da existência de tal possibilidade.

Porque a falha no meu genoma não tem nada a ver com minha capacidade de produzir alimentos de alta qualidade para a glória da cidade.

Ou tem?

Mesmo sabendo que minha vida está em risco – que a vida de todo mundo que já conheci e de quem gostei está em risco –, não posso deixar de me perguntar onde está Trigger e torcer para que esteja tudo bem com ele. Ele tem sido uma distração do meu trabalho e estudos há semanas.

Talvez a Administração esteja certa. Talvez essa atração física estranha e arcaica *leve sim* à ineficiência. Talvez meu defeito *seja* relevante para o meu potencial como agricultora.

Será que eles tiraram sangue de Trigger 17? Ou esse comportamento chocante é aceitável por parte dos soldados, dos quais se espera reagirem a situações de sobrevivência com instintos que podem salvar vidas?

Talvez seu crime não seja o fato de ele ter beijado, mas sim *quem* ele beijou... Talvez seu genoma sobreviva a isso.

O meu não vai.

As lágrimas turvam minha visão e eu as seco do rosto. Não choro desde o dia em que torci o tornozelo durante uma corrida de revezamento, quando eu era Dahlia 12.

Não entendo essas lágrimas. Não estou machucada. Mas alguma coisa está doendo. Uma dor profunda, mas em nenhum lugar que eu possa descrever ou apontar. Eu me senti assim, um pouco menos, quando pensei que Trigger tinha se formado. E quando Poppy temia que fôssemos separadas quando adultas.

Eu gostaria de poder alertá-las, mas isso não mudaria nada. Milhares de idênticas não podem fugir e não podem se esconder.

Piscando para afastar as lágrimas, olho o quarto. Não há esconderijo possível em Lakeview. Minha única esperança de sobrevivência é fugir da cidade. Não sou ingênua o bastante para acreditar que sobreviver de plantas que crescem na terra será uma aventura, mas estou confiante de que posso fazer isso. Na verdade, estou mais do que capacitada a encontrar e identificar alimentos que crescem na natureza.

Vou precisar de suprimentos, mas, se eu carregar qualquer coisa óbvia, vão me notar. Então coloco um par de meias sobressalente e minha escova de dente nos bolsos do casaco e puxo a maçaneta da porta. É então que me dou conta de que não faço ideia de como sair da cidade. Há muros, mas nunca passei por eles. Há portões, mas não sei como atravessá-los nem quanto tempo isso levará. Nunca fui além da ala administrativa. Eu deveria me formar e ser designada para morar na ala residencial e ter um emprego na ala industrial, onde fica a maioria dos agricultores hidropônicos da cidade. E *só agora* me ocorreu que eu talvez nunca precise saber mais do que isso.

Não faço ideia do que fazer ou para onde ir. Mas Trigger sai para missões na floresta. Ele saberá como sair da cidade. Talvez ele até saiba como *fugir* da cidade.

Ele não foi levado para o Departamento de Administração comigo. Se Trigger recebeu algum tipo de punição dentro de seu próprio Departamento, provavelmente está esfregando privadas ou lavando pratos no 12º andar.

DEZ

DESÇO CORRENDO SEIS ANDARES e paro no patamar das escadas do 12º andar, ofegando. E se ele não estiver aqui? Ou pior: e se o 12º andar estiver repleto de cadetes, todos cientes da minha fuga e procurando por mim porque são soldados em treinamento?

Pressiono o ouvido contra a porta, mas não consigo escutar nada, então respiro fundo e a abro devagar.

O corredor está deserto. Entro e fico bem embaixo da câmera de segurança, para que não me vejam. Se as imagens fossem reexaminadas, mostrariam exatamente aonde fui, mas ficar fora da vista o máximo possível pode me fazer ganhar algum tempo.

Ando depressa pelo corredor com as costas coladas à parede, atenta ao som de algum cadete infrator esfregando privadas enquanto avalio a ameaça de cada câmera pela qual passo e procuro distinguir os ruídos. Tudo o que vejo e ouço é apenas meu pulso acelerado. Se Trigger estiver sendo punido na Academia de Defesa e não no dormitório, minha fuga certamente está fadada ao fracasso.

Perto de uma intersecção do corredor, escuto um barulho de água acompanhado de um suspiro e reconheço o som de um esfregão atingindo o chão. A frustração alimenta meu medo. Os aprendizes de zelador podem não saber que estou sendo procurada, mas saberão que não pertenço ao andar dos cadetes.

Com cuidado, espio o cruzamento do corredor, esperando ver um integrante da Divisão de Trabalho Braçal – a outra metade da Força de Trabalho – em plena atividade. Em vez disso, vejo um cadete com a pele alguns tons mais escura do que a minha e cachos soltos e familiares, passando o esfregão para a frente e para trás no chão já impecável. Seu olhar está concentrado no piso, os ombros estão rígidos. Ele odeia esse trabalho.

É Trigger. Ele não está usando a trança no ombro – nossa transgressão obviamente lhe custou sua posição de liderança –, mas quem mais estaria esfregando o chão como punição no andar do seu dormitório?

O esfregão para e ele enrola as mangas para enfiar as mãos no balde cheio de água suja. Um alarme dispara no meu peito e me afasto silenciosamente da esquina do corredor. Não há cicatriz em seu braço.

Não é Trigger.

O que eu estou *fazendo*? Meu coração bate de novo contra o esterno e fecho os olhos, lutando para ficar calma. O que me fez pensar que eu poderia entrar escondida no dormitório da Defesa para encontrar um cadete das Forças Especiais que talvez nem esteja lá sem ser pega?

Sou uma *agricultora*.

Contudo, se eu não encontrar Trigger e sair da cidade, não vou ser nada além de uma memória da maior desgraça de Lakeview.

Determinada, espio com cuidado pela esquina de novo e, quando o cadete se vira para limpar na outra direção, atravesso o corredor e pressiono minhas costas contra a parede do outro lado, bem embaixo das câmeras. Em silêncio, continuo meu caminho por essa seção do corredor até que uma voz grave me faz parar onde estou.

– ... nunca mais cause uma desgraça dessas para a Unidade, Trigger 17, ou vou fazer com que você passe o resto da vida lavando privadas e engraxando botas. – A voz é grave e madura, de um instrutor ou inspetor de dormitório. Está vindo de uma porta aberta duas salas à frente. – Está entendendo, cadete?

– Sim, comandante.

Respiro aliviada, feliz de saber que Trigger ainda está vivo e bem. Mas meu alívio não dura muito. Ele está com seu comandante, que certamente é um tipo de instrutor.

– Meu maior arrependimento é ter envergonhado a minha Unidade – Trigger continua.

Envergonhado? E não condenado? Nem mesmo humilhado?

Eu suspeitava que nossa infração não seria tão devastadora para Trigger quanto para mim e minhas idênticas. Entendo que o genoma dele foi criado para o pensamento criativo e que o subterfúgio é parte do treinamento, embora eu não devesse entender nada disso. Mas como é que uma violação que resultará na eutanásia de todo o meu genoma não significa nada além de um constrangimento para Trigger e o seu?

– Certifique-se de que isso não aconteça de novo – diz o comandante.

– Sim, senhor! – Trigger grita, muito embora esteja dentro de uma sala presumivelmente pequena.

– Liberado – encerra o comandante.

Trigger sai para o corredor, mas seus passos precisos vacilam em frente à porta quando ele me vê. Tudo o que posso fazer é olhar para ele, em pânico. Eu o encontrei. E meu plano impulsivo e desesperado não vai muito além disso.

A sombra do comandante aparece na porta, mas Trigger continua bloqueando a passagem, olhando para mim.

– Com licença, cadete.

Meu coração martela tão alto que parece que está batendo na minha cabeça em vez de no meu peito. Preciso me *mover*. Mas não sei para onde ir.

Os olhos de Trigger crescem, enviando-me um alerta silencioso ao qual não sei como reagir.

– Agora, cadete! – grita o comandante.

Trigger dá um passo largo saindo da porta, na direção oposta à que estou.

Seu comandante sai no corredor, carregando um tablet, e começa a se virar na minha direção.

Meus batimentos têm um pico. Minhas mãos começam a tremer.

– Armstrong 38! – berra Trigger.

O comandante se vira rapidamente na direção dele.

– O que foi, cadete? – ele pergunta, enquanto olho para o corredor, desesperada para achar algum lugar onde possa me esconder. Se eu virar a esquina de novo, o cadete que está limpando o chão me verá.

– Senhor, eu respeitosamente peço para que considere devolver a minha trança.

– Com que justificativa? – O comandante Armstrong leva os braços às costas, ainda segurando seu tablet. A tela mostra uma imagem grande do meu rosto, com uma legenda tão pequena que não consigo ler.

Ele recebeu o alerta.

Respiro em silêncio, aterrorizada, e me afasto sem fazer barulho.

– Com a justificativa de que infringir uma das regras mais importantes da cidade exigiu uma excepcional coragem e engenhosidade, duas qualidades muito valorizadas pela liderança da Defesa.

– A Administração foi *muito* clara sobre as leniências permitidas aos cadetes por causa de seu treinamento. Os projetos e exercícios da Defesa *não podem* afetar estudantes de outros Departamentos. *Sem exceções*.

– E se eu seguisse essa regra, a Administração ainda não saberia sobre um genoma defeituoso a menos de dois anos de entrar na Força de Trabalho – insiste Trigger. – Lakeview deveria estar me agradecendo. Em vez disso, vocês tiraram a minha trança.

Olho para ele num silêncio chocado. Ele está mesmo pedindo uma *recompensa* por ter conseguido uma sentença de morte para mim e milhares de idênticas minhas?

É apenas uma distração. Consigo perceber isso. Mas o fato de o comandante considerar seu argumento mostra mais do que eu gostaria de saber sobre o Departamento de Defesa.

– Negado. – Armstrong 38 começa a se virar e volto a ficar paralisada.

– Com que justificativa? – Trigger pergunta, me deixando perplexa. Nunca vi ninguém falar com um instrutor dessa maneira.

O comandante se vira na direção de Trigger, segurando seu tablet com tanta força que seus dedos ficam brancos.

– Com a justificativa de que você foi pego, cadete. Integrantes das Forças Especiais *não são pegos.*

Olho mais uma vez para o corredor, com o coração aos pulos. No meio do caminho, uma placa sobre uma porta fechada indica um depósito de suprimentos. A fechadura não tem buraco para chave, o que significa que não pode estar trancada.

– Respeitosamente, senhor, se eu não tivesse sido pego, minhas ações não teriam sido notadas. E não seriam recompensadas – Trigger acrescenta enquanto vou até o depósito sem fazer barulho.

– Você está dizendo que foi pego de propósito? Cadete, já lhe ocorreu que podia simplesmente fazer um relatório? – Armstrong 38 pergunta. – Você teria o crédito pelo que descobriu, mas *não teria sido pego.*

A surpresa atenua os traços fortes de Trigger enquanto abro a porta, cruzando os dedos para que as dobradiças não façam barulho.

– Pensando agora, esta parecia ser a escolha mais sábia – ele admite.

– De fato – Armstrong 38 resmunga. – Este é o seu último aviso. Se eu ouvir seu nome outra vez antes da formatura, vou rebaixá-lo para a infantaria.

– Mas o senhor não pode!

– Você está passando dos limites! – grita o comandante Armstrong enquanto fecho a porta.

– Sim, senhor – a voz de Trigger está mais baixa, do outro lado da porta, mas ele soa aliviado. Estou escondida e ele pode parar de discutir com o comandante. – Peço desculpas, senhor.

A única resposta são os passos pesados e rápidos de Armstrong, que passa marchando pelo meu esconderijo em direção ao saguão dos elevadores.

Quando ouço as portas do elevador se fecharem, solto o ar. Um segundo depois, a porta do depósito se abre e, antes que eu possa respirar, Trigger me puxa para o corredor pela mão.

– Deslize pela parede, debaixo das câmeras – ele sussurra, obviamente sem perceber que já descobri isso.

Nós avançamos rápido pelo corredor, minha mão ainda presa à dele, e, embora minha necessidade de fugir da cidade se torne ainda mais urgente a cada segundo que se passa, a sensação de sua mão contra a minha é estranhamente reconfortante. E excitante.

Trigger estende o pulso sob o scanner perto de uma porta no meio do corredor e uma luz verde se acende enquanto a fechadura se abre.

– Dê um passo para a direita e fique colada à parede – ele sussurra enquanto abre a porta.

Sigo suas instruções e vejo um quarto de dormitório muito parecido com o meu. Dois beliches com camas arrumadas. Gavetas e tubos embutidos na parede. Mas não há tapete. Não há cadeiras. Não há desenhos de plantas ou de amigos pendurados nas paredes.

Nada diferencia uma cama da outra.

Trigger deixa a porta aberta num ângulo preciso e estranho. Intrigada, acompanho seu olhar e vejo que, nesse ângulo, a porta aberta bloqueia a visão da câmera e impede que ela filme a mim e metade do quarto.

– Aqui – ele sussurra, e corro em silêncio para o banheiro, com o cuidado de ficar com as costas coladas à parede. Lá dentro, solto o ar devagar. Jamais me ocorreria me esconder das câmeras usando uma porta aberta, mas Trigger 17 está obviamente acostumado a se esquivar da vigilância.

Para que ele usava essas habilidades antes de me conhecer?

Ele entra no banheiro e fecha a porta. Sua testa franzida mostra que ele está ao mesmo tempo aliviado e preocupado. E um tanto impressionado.

– Como você chegou aqui? Como você fugiu da *custódia*?

– Eu tive ajuda com a fechadura da porta. Então fugi e atravessei a cidade correndo com uma classe de cozinheiras.

Trigger olha para mim como se estivesse me vendo pela primeira vez.

– Você tem certeza de que é uma agricultora? Porque isso soa mais como uma coisa que um cadete em treinamento faria.

– Eles ensinam vocês a escapar?

Ele concorda com a cabeça.

– De uma série de situações. No caso de sermos capturados um dia. – Ele respira fundo e deixa o ar sair lentamente.

– Você estava falando sério com aquele comandante? Você me entregaria para conseguir uma posição mais alta de liderança, se tivesse pensado nisso?

– Eu *pensei* nisso. No dia em que ficamos presos no elevador. Antes de eu cometer qualquer infração. Mas não fui capaz.

– *O quê?* Você falou comigo primeiro!

– Sim, mas apenas num papel oficial. – Ele sorri e, desta vez, quando olho para sua boca, tudo o que quero fazer é dar-lhe um soco. – Você ia hiperventilar, e sou treinado para prevenir isso. O que eu deveria fazer? Deixar você desmaiar? A Defesa teria considerado aquilo um esforço humanitário, e não uma violação.

– Você quer dizer que eu fui a *única* a transgredir uma regra naquele elevador?

– Sim. Mas eu infringi muitas desde então. Dahlia, eu jamais a entregaria. – Seu sorriso desaparece quando ele me olha nos olhos. – Eu tinha medo de que eles recolhessem seu genoma.

– Eles recolheram. Ou melhor, vão recolher. – Minha garganta quase se fecha em torno dessas palavras. – É evidente que coordenar um recolhimento tão grande toma tempo.

– Sinto muito. Não era minha intenção que nada disso acontecesse. – Sua voz soa cansada. Como se ele estivesse sofrendo uma dor física. – Eu a segui até o barracão de equipamentos achando que poderíamos ter alguns minutos a sós, mas Mace 17 viu. Ele queria minha trança vermelha, então ele me entregou.

– Ele fez isso por uma trança? – A natureza mesquinha da atitude me deixa pasma. – Ele deveria saber o que aconteceria com o meu genoma. Ele faria isso por um *acessório*?

– Pelo que a trança representa. Pelo respeito e os benefícios que vêm com uma posição de liderança. Mas ele não vai recebê-la. Prender um colega no armário quando você está no ano 7 é uma coisa. Traí-lo e entregá-lo ao inimigo, para a Administração neste caso, quando você está a meses de se formar é outra completamente diferente. Neste ponto do treinamento, nós devemos ser capazes de confiar uns nos outros implicitamente.

– Então, ele arruinou a vida de Poppy e do resto das minhas idênticas por nada? – Embora isso dificilmente pareça possível, faz com que eu me sinta ainda pior.

– Sinto muito. – O olhar de Trigger desce para os meus lábios e eu sinto o fantasma do nosso beijo me assombrando com suas consequências. – Eu queria levar para você algo que colhi fresco na natureza. Eu queria tocá-la de novo – diz ele. – Quando vi você, não consegui resistir.

Entendo esse sentimento. Aquela certeza terrível e excitante de que você vai tocar alguma coisa perigosa, algo que *vai* machucar você, porque você *precisa* saber como é. Só uma única vez.

Ele franze a testa.

– Eu deveria ter sido mais responsável. Deveria ter sido mais cuidadoso.

Sim. Eu também.

Trigger estende a mão para pegar a minha, apesar da conclusão a que ambos chegamos, e deixo que ele a pegue porque já estou vivendo o maior perigo que posso correr. Ele é a razão pela qual meu mundo inteiro está ruindo. De alguma forma, porém, estar perto dele é reconfortante, quando deveria ser assustador.

– Não importa – digo a ele, como se a inevitabilidade da minha situação caísse sobre meus ombros como um peso me empurrando para o chão. – Se a Administração estiver certa, meu genoma defeituoso teria se manifestado em algum momento.

– Não há nada de errado com você, a menos que a mesma coisa esteja errada comigo. – Trigger se inclina para me beijar, mas eu o empurro, embora cada célula defeituosa do meu corpo esteja pedindo para puxá-lo para mais perto. Não posso beijá-lo sabendo que a Administração está planejando a destruição sistemática de quase todo mundo que conheço. Beijar Trigger fez com que todo o meu genoma fosse recolhido.

Não, foi Mace 17 quem fez meu genoma ser recolhido. Foram as falhas genéticas que fizeram meu genoma ser recolhido.

Fui *eu* que fiz meu genoma ser recolhido.

Vou morrer se a Administração me pegar e, se eu fugir da cidade, nunca mais vou ver Trigger. Esses são os últimos momentos que passaremos juntos na vida.

Por isso, eu o puxo para perto e fico na ponta dos pés. Suas mãos encontram minha cintura e meus braços enlaçam seu pescoço. Eu o beijo, e o beijo é mais profundo e selvagem. Desesperado e amedrontado. Posso sentir o tempo se esquivando de nós, e não importa com quanta força eu o abrace, logo terei de deixá-lo.

Quando enfim me afasto, com o pulso acelerado, estou muito consciente de quanto tempo passei no quarto de Trigger. Mas não me arrependo de nenhum segundo daquele beijo.

– Tenho que ir. – Relutante, deslizo meus braços, soltando seu pescoço. – Você sabe me dizer como sair da cidade? Eu... – Minha ignorância é humilhante. – Eu não sei nem onde fica o portão.

Trigger me segura com mais força.

– Há muitos portões, Dahlia. Mas você não pode atravessar nenhum deles. Seu código de barras não vai abri-los e a maioria deles tem guardas. Você será presa no momento em que for vista.

– Só a *maioria* deles tem guardas? E os portões que não têm?

Ele me solta.

– Nenhum de nós tem permissão para destrancá-los e, se tentarmos, vamos gerar um alerta. – Ele levanta o braço, mostrando o código de barras em seu pulso para dar ênfase ao que diz.

– Trigger, tem de haver um jeito de sair.

– Não sozinha. Mas posso ajudá-la.

Ele se agacha em frente ao gabinete embaixo da pia e tira uma pequena nécessaire com zíper.

– Não. – Balanço a cabeça determinada. – Não vou te arrastar... – Franzo a testa enquanto ele abre o armário do banheiro e tira um tubo de pasta de dente pela metade. – O que está fazendo?

– Estou fazendo as malas. Já estou com problemas, quer eu vá com você ou não, mas você não vai conseguir sair da cidade sem a minha ajuda. Então vou com você.

Eu deveria dizer não para ele de novo, mas não estou pronta para me despedir. Quero saber como é a vida de um cadete. Quero saber o que ele pensa à noite antes de dormir. Do que ele gosta de comer e como conseguiu aquela cicatriz minúscula no polegar.

Quero saber o que estes sentimentos significam.

Será que eu teria a mesma atração por qualquer outro garoto com quem ficasse presa no elevador, ou essa atração é específica por Trigger 17? Ele já deve ter sentido isso antes. De que outra maneira ele saberia beijar? Como é essa atração em comparação com o que ele sentiu por outras garotas no passado? Será que sou a única garota de fora de sua Divisão com quem ele conversou?

Nunca terei essas respostas se ele não vier comigo.

Nunca mais vou beijá-lo se ele ficar para trás.

– Está bem. Venha comigo.

Ele sorri, mas sei que tomei a decisão errada logo que as palavras saíram da minha boca. Estou condenando-o ao meu destino. Pode ser que eu esteja condenando seu genoma inteiro.

– Espere. Os seus idênticos podem sofrer por causa disso?

– Não – ele responde enquanto joga a escova de dente na nécessaire. – Fui treinado para seguir ordens, mas fui criado para pensar por mim mesmo.

– Esses dois conceitos parecem conflitantes.

– Às vezes sinto isso também. – Trigger pega a terceira de quatro lâminas de barbear alinhadas no balcão e a joga na bolsa. – Seguir ordens é sempre nosso primeiro objetivo, mas lá fora, em campo, o método é tão importante quanto o resultado. Meu genoma é intencionalmente inventivo e ousado, para nos ajudar a sobreviver em missões na natureza. E aqueles que pensam como indivíduos são tratados como indivíduos.

– Então o que eles pensarão quando você simplesmente desaparecer?

– A Administração dirá aos cadetes que eu morri na floresta, em algum tipo de teste ou missão.

– Mas isso é *mentira!*

– A Administração não mente. – Trigger fica em pé e me dá um olhar que me faz parecer muito imatura e inexperiente. – Nem a Defesa. Elas simplesmente fazem omissões estratégicas, conforme autorizado pelo regimento interno oficial da cidade. Qualquer coisa necessária para proteger a cidade é permitida. Para manter todos seguros e produtivos.

– Seguros e produtivos. – Aquelas palavras estão impressas no brasão de Lakeview, gravadas nas laterais de cada carro da cidade e no saguão do Departamento de Administração. Tudo o que a Administração faz é para manter a cidade segura e produtiva, inclusive o raro recolhimento de genomas defeituosos.

O recolhimento é um processo normal, necessário. Até na natureza, plantas e animais defeituosos morrem. Certo?

Mesmo assim, inexplicavelmente, não estou nem um pouco disposta a morrer, apesar do egoísmo inerente a essa ideia. Não estou cansada de viver. Não estou cansada de saber, de descobrir, de sentir, ver e tocar. Não estou cansada de *existir*.

Espero que minhas idênticas também não estejam. Eu gostaria de saber como ajudá-las.

Trigger fecha o zíper de sua nécessaire.

– Temos que ir, antes que alguém desconfie da duração da minha pausa para usar o banheiro. – Ele abre a porta do banheiro em outro ângulo bem específico, então faz sinal para que eu siga ao longo da parede de novo. Enquanto passo furtivamente pela porta, ele olha em volta do meio do quarto, com o semblante tranquilo e determinado. – Precisaremos de mais suprimentos. – Ele abre a porta do guarda-roupa e tira uma mochila verde-oliva puída do chão.

– Não vamos chamar atenção se carregarmos uma mochila?

Trigger dá de ombros enquanto tira coisas da gaveta de sua escrivaninha e enfia na mochila.

– Se formos vistos juntos, vamos chamar atenção. Não acho que uma mochila vai piorar a situação.

Fico fascinada ao perceber que a vida inteira dele cabe naquela mochila.

A minha provavelmente ocuparia ainda menos espaço.

– O que é isso? – pergunto de onde estou, embaixo da câmera, enquanto ele joga uma caixinha de papelão dentro da mochila.

– Fósforos. Vai fazer frio à noite e precisaremos de fogo para assar carne.

Aprendi a teoria básica de cozinhar, já que se aplica ao meu trabalho, mas nunca vi um fósforo. Nunca senti o calor de uma chama. Essas coisas não têm relevância para a vida de uma agricultora hidropônica.

Com uma surpresa inquietante, percebo que não sou mais uma agricultora. Provavelmente nunca mais vou usar outro teste de pH ou encher outra bandeja de água.

Se fui criada para a Divisão de Trabalho e treinada como uma agricultora hidropônica, mas nunca puder ser nenhuma dessas coisas, o que eu sou agora?

Quem sou eu?

ONZE

TRIGGER ME MOSTRA O PADRÃO NECESSÁRIO de passos e pausas para se esconder das câmeras de seu andar. Tenho certeza de que pelo menos três delas captaram relances meus e provavelmente dele, mas, se ninguém estiver assistindo às imagens agora, nossa fuga do dormitório só será descoberta se alguém perceber a ausência de Trigger e resolver examinar os vídeos.

Esperamos já estar bem longe quando isso acontecer.

Estamos a uns cinco metros da escadaria quando uma voz familiar faz com que eu fique paralisada, com o ombro esquerdo a alguns centímetros da janela de vidro na parede branca, no mesmo lugar onde fica o escritório da inspetora do meu andar.

– ... queria agradecê-lo pessoalmente, comandante Armstrong, por oferecer duas de suas classes de médicos de campo para supervisionar os exames de sangue.

É Ford 45. Tenho *certeza* de que é ele. Se eu chegasse mais perto da janela, poderia espiar para confirmar. Mas isso seria arriscado demais.

– A assistência de vocês nos ajudou bastante a acelerar o processo – continua Ford. – Cinco mil testes em duas horas é um desafio e tanto.

– Ficamos felizes em ajudar a aumentar sua eficiência. A tarefa já está encaminhada?

– Acaba de ser concluída – responde Ford. – Só temos resultados preliminares por ora, mas eles são inéditos. O exame genético de Dahlia 16 revelou duas falhas específicas e muito estranhas, mas até agora nenhuma de suas idênticas teve resultado positivo para as mesmas falhas.

A respiração surpresa do instrutor dos cadetes encobre a minha.

– Como isso é possível?

Trigger se agacha e puxa minha mão, tentando fazer com que eu engatinhe para passar debaixo da janela, mas fico parada no lugar, horrorizada com o que essa revelação pode significar para mim, e ao mesmo tempo aliviada por minhas idênticas.

Se elas não têm falhas, não precisam ser recolhidas. Certo?

– Como você vai proceder? – pergunta Armstrong 38.

– Vamos prosseguir com o recolhimento, para manter a confiança do público na Administração, nos nossos geneticistas e no sistema todo.

O quê? Meu estômago se revira. Eu me ajoelho perto de Trigger e sinto o piso frio sob os joelhos através do tecido elástico das minhas calças esportivas.

– É claro – responde o comandante. – A fé no sistema tem muito mais importância do que qualquer indivíduo.

E quanto a cinco mil *indivíduos*?

Eles continuam conversando, mas me perco nos meus pensamentos. Na falta de sentido da perda. Se nenhuma das minhas irmãs tem falhas, por que recolhê-las?

Trigger puxa minha mão de novo e mais uma vez me recuso a me mover. Preciso saber o que há de errado comigo. Por que meus defeitos significarão a condenação de milhares de outras garotas absolutamente perfeitas?

– Há ainda outra coisa com a qual pode me ajudar, comandante – diz Ford. – Esse menino com quem ela foi pega. Esse cadete… – Durante a pausa, imagino ele mexendo num tablet. – Trigger 17.

Trigger para de me puxar.

– Descobrimos que eles ficaram presos em um elevador, juntos, algumas semanas atrás, e achamos que esse foi o começo de toda esta confusão. Quase uma hora sem energia ou câmera.

Armstrong 38 resmunga.

– Sim, eu me lembro desse relatório, mas ele não mencionou que havia outra estudante com ele.

Olho para Trigger e percebo a tensão em seu maxilar.

– Interessante. – Ford limpa a garganta. – Que tipo de garoto ele é?

Trigger tenta me puxar de novo, mas eu me solto de sua mão. Quero ouvir isso também.

– É um estudante capaz e um excelente combatente. Todos eles são. Contudo, Trigger 17 é *particularmente* criativo e determinado. Até hoje, era líder de esquadrão e um fortíssimo candidato à liderança dentro da Defesa...

– Sim, eu vi a ficha dele. Mas que tipo de *garoto* ele é? – Ford insiste. – Como ele é socialmente? Você ficou sabendo como eles foram pegos?

Trigger olha zangado para mim enquanto tenta me puxar, mas estou presa nesta conversa como uma mosca numa teia de aranha.

– Ah. – Armstrong pigarreia. – A maioria dos cadetes é *sociável*. É resultado dos hormônios vestigiais necessários para gerar um combatente, tanto física quanto mentalmente. Mas é impossível conseguir o aumento da densidade óssea, da musculatura, e o interesse pela matéria sem também resvalar em outro tipo de instinto primário.

– Entendo – comenta Ford 45. – Sua explicação é bem mais simples e menos técnica do que a do geneticista com quem acabei de falar.

Armstrong ri.

– É inofensivo. Nós autorizamos que as Unidades de garotos e garotas se confraternizem em seu tempo livre. Isso permite que eles deem vazão a isso, para que durante as aulas e o treinamento possam se concentrar.

Trigger volta a puxar minha mão, com mais urgência desta vez, e percebo que seu rosto está vermelho. Ele está envergonhado? Ou com raiva?

Sinto que ele entende mais sobre o que estamos ouvindo do que eu.

Com relutância, começo a engatinhar sob a janela.

– Mas ela não é da Defesa – acrescenta Armstrong. – A influência de Trigger sobre ela deve ter sido mínima.

– Uma vez que os outros Departamentos não têm o problema da distração desses hormônios primitivos?

– Exatamente. Ela não deveria ter muito interesse nele além de simples curiosidade.

O comandante está errado.

Por que ele está *tão* errado?

– Eu gostaria de falar com esse cadete, se for possível. – Ford 45 parece dar uma ordem, em vez de fazer um pedido.

– É claro. Vou chamá-lo aqui…

– Depois do recolhimento. Nós vamos precisar do restante dos seus cadetes por mais algum tempo – diz Ford 45, enquanto ouço embaixo da janela. – Se você puder cedê-los, é claro.

– Para ajudar com o recolhimento?

– Não, a Administração pode tratar disso. Mas os cadetes remanescentes do ano 17 nos fornecerão o efetivo necessário para dobrar as patrulhas na ala de treinamento. Dahlia 16 foi oficialmente considerada uma anomalia e, que fique entre nós, ela está desaparecida.

– Ela *fugiu*? Isso de fato soa anômalo para alguém da Divisão de Trabalho Profissional.

Trigger sorri com a surpresa na voz de seu comandante, como se eu devesse me orgulhar do que fiz. De sobreviver até agora. Mas só o que sinto é culpa pelo destino das minhas idênticas.

A palavra "anomalia" revira na minha cabeça. Conheço o conceito quando ele se refere às plantas. São irregularidades que normalmente resultam na destruição do espécime afetado. Porém nunca tinha ouvido falar de uma *pessoa* anômala.

Mas eu também nunca tinha ouvido falar de uma pessoa bonita até Trigger me apresentar a esse conceito, então talvez as pessoas também possam ser anômalas. Talvez as pessoas, assim como as plantas, às vezes inexplicavelmente desafiem o processo de clonagem que supostamente deveria produzi-las sem nenhuma falha genética e indistinguíveis de suas idênticas. O processo que deveria lhes dar o conforto e a segurança de rostos familiares e um lugar ao qual pertencer.

Quando, porém, uma planta anômala floresce nas aulas, nós destruímos somente aquele espécime. Não jogamos fora toda a safra! Submeter à eutanásia quatro mil novecentas e noventa e nove garotas sem falhas seria um desperdício inacreditável e ineficiente. Contrário aos próprios ideais que Lakeview tanto louva.

O que passa pela cabeça da Administração?

Trigger aperta minha mão com mais força. Seus lábios formam meu nome em silêncio enquanto ele implora para que eu o siga antes que sejamos descobertos.

– E nossas ordens? – pergunta o comandante Armstrong, recapturando minha atenção. – Você está autorizando força letal?

Meu coração quase sai pela boca. O que isso significa? Eles querem que os idênticos de Trigger *atirem* em mim?

– Não! – Ford 45 parece quase tão horrorizado quanto eu. – Dahlia 16 deve ser trazida viva para um exame detalhado.

Exame? De certa forma, isso soa bem menos agradável do que meu exame físico anual.

– Precisamos saber como isso aconteceu para que possamos prevenir esse tipo de desastre no laboratório de genética no futuro – continua Ford. – Seus garotos e suas garotas estão numa missão para apenas encontrar e reportar. Sem um grupo no qual se esconder, deverá ser fácil encontrar Dahlia 16.

Fico totalmente nauseada. É por isso que as minhas irmãs estão sendo recolhidas? Para facilitar que a Administração e a Defesa me encontrem?

Sigo Trigger em direção às escadas. Já ouvi o bastante e não consigo assimilar toda a informação que está martelando na minha cabeça. Cada parte parece uma peça de quebra-cabeça que não combina com a imagem da caixa. A imagem de uma cidade que eu achava que conhecia. Uma vida que eu pensava que entendia.

Engatinhamos por vários metros depois de passar a janela antes de nos levantarmos, só por garantia, então corremos em silêncio até o fim do corredor, sem nos importarmos com as câmeras.

Trigger abre a porta das escadas devagar, para evitar fazer barulho. Entro e ele usa sua mão livre para fechar a pesada porta tão lentamente quanto a abriu. Não consigo mais ouvir a conversa entre Ford 45 e o comandante, mas não posso esquecer do que acabaram de dizer.

Anomalia.

Recolhimento.

Exame.

Trigger dá os primeiros três passos depressa e em silêncio com suas botas, revelando anos de treinamento por trás de cada movimento harmonioso.

Eu não tenho treinamento. Até agora, sobrevivi por sorte. Mas isso terá de mudar.

Dou o primeiro passo, mas não consigo sentir o degrau sob meus pés. Não consigo sentir o suor que se acumulou atrás dos meus joelhos e entre os meus seios. Não consigo sentir o ar que inalo enquanto olho para os nossos dedos entrelaçados.

– Dahlia, temos que ir.

Dou um passo e mais outro e logo estamos voando escada abaixo juntos; a sensação é a mesma de quando conversamos na escadaria do Departamento de Força de Trabalho, só que mais perigosa e aterrorizante e, de alguma forma, mais excitante. Porque desta vez eu não deveria estar em outro lugar.

Eu deveria estar morta.

Depois que terminar de me examinar, a Administração vai concluir o recolhimento e eu me tornarei o cadáver número cinco mil dentre as garotas destras, de olhos azuis e cabelos castanhos de 16 anos.

Trigger parece ainda mais determinado do que eu a não deixar que isso aconteça.

Quanto a mim, não posso deixar isso acontecer com *ninguém*. Não posso deixar que Poppy, Sorrel ou Violet sejam...

Como elas morreriam? Gás, injeção ou uma das outras formas supostamente humanizadas que os governos usavam para matar as pessoas em nosso passado bárbaro?

Paro vários degraus acima da plataforma do quarto andar e Trigger se vira para olhar para mim.

– Nós temos de ajudá-las. – Estou sem fôlego não por causa do exercício, mas pelo horror do que está prestes a acontecer se nós não impedirmos.

– Ajudar quem?

Minha melhor amiga. Minhas colegas de quarto.

– As quatro mil, novecentas e noventa e nove garotas iguais a mim, Trigger. Agricultoras, eletricistas, encanadoras, técnicas de saúde, carpinteiras, mecânicas, e dezenas de outras profissões. A menos que façamos alguma coisa, todas elas vão morrer, muito embora não haja nada de errado com elas!

Ele olha para as escadas e posso sentir a impaciência em seu movimento.

– O que podemos fazer? Mesmo que pudéssemos libertá-las de onde estão presas, para onde as levaríamos?

– Deve haver algum lugar onde poderíamos escondê-las. Quer dizer, se você sabe invadir as câmeras de segurança e as comunicações, não teria como escrever alguma coisa em algum lugar para fazer parecer que elas já tenham sido recolhidas?

– Provavelmente – admite Trigger, mas nunca vi sua testa tão franzida. – Mas não posso hackear os cérebros das pessoas e fazer elas se lembrarem de terem feito algo que nunca fizeram. Como submeter cinco mil idênticas à eutanásia.

– Temos que tentar. Você não tentaria salvar seus idênticos se eles fossem recolhidos?

– Meus idênticos são cadetes. Nós sabemos desde que aprendemos a andar que um dia vamos morrer a serviço desta cidade.

– Então seus amigos simplesmente fariam fila para morrer? – Isso não parece algo que diria o único cadete que já conheci.

Trigger franze ainda mais a testa, como se estivesse considerando aquela pergunta pela primeira vez.

– Bem, não, se eles não acreditassem que suas mortes beneficiariam a cidade, provavelmente lutariam. É para isso que somos treinados. Mas ninguém com a cabeça no lugar diria a uma Divisão inteira de cadetes da Defesa que eles estão prestes a serem sacrificados. Eles teriam que fazer isso sem nos avisar. Talvez enquanto estivéssemos dormindo. – Trigger dá de ombros e fico satisfeita de ver que ele ao menos parece incomodado com a ideia. – Mas suas irmãs não são cadetes.

– Isso não significa que elas não vão lutar. Tenho certeza de que, se elas soubessem o que está para acontecer, se soubessem que não têm falhas e sua existência não é uma ameaça real para a cidade, elas lutariam. – Agarro o corrimão da escada com determinação. Poppy adora uma boa discussão. E não posso acreditar que ela não lutaria pela própria vida. E, se ela lutasse, outras também fariam isso. – Com certeza cinco mil garotas sem treinamento têm uma chance de surpreender quem quer que esteja no comando do recolhimento, se os encarregados não estiverem esperando.

Não é exatamente por isso que o recolhimento não foi anunciado? Para evitar o pânico?

Trigger respira fundo e solta o ar devagar.

– Dahlia, você entende o que está sugerindo?

– Eu... Estou sugerindo a única coisa na qual consigo pensar que poderia salvar todas as amigas que já tive de uma eutanásia sem sentido, mas não pensei muito no quadro geral, no que isso vai significar para nós depois.

– Você está falando de uma rebelião. Uma revolta, mas com meninas adolescentes em vez de militantes armados. – Trigger se apoia na parede de concreto das escadas, cruzando os braços sobre o peito. – A cidade nunca vai apoiar isso.

– O que temos a perder? A Administração vai matá-las de qualquer forma, então, se nós lutarmos e morrermos, não estaremos pior do que estaríamos se não lutássemos.

– Não, *elas* não estarão pior. Se fugirmos agora, você e eu escapamos. Se lutarmos com suas irmãs, provavelmente morreremos todos.

Sequer tento esconder meu desapontamento.

– Achei que você estivesse preparado para morrer.

– Estou. Mas não estou preparado para ver *você* morrer.

Meu peito dói de novo. Sua voz tem uma vulnerabilidade estranha, que me faz sentir como se meus pulmões estivessem encolhendo de repente em volta do meu coração.

– Também não quero morrer, Trigger, mas não tenho certeza se quero continuar vivendo sabendo que todas as minhas irmãs morreram e eu não fiz nada para impedir isso.

– Eles têm razão, Dahlia. – Sua atenção nos meus olhos se intensifica, como se estivesse procurando alguma coisa. Ou talvez tenha encontrado algo. – Você é mesmo diferente das outras.

DOZE

TRIGGER ME ENCARA NA ESCADARIA pouco iluminada e quase consigo vê-lo ponderando suas opções. Não vou deixar que Poppy nem nenhuma das outras morram.

Por fim, ele concorda.

– Tudo bem. Deixe-me ver o que consigo descobrir. – Ele tira um pequeno tablet do bolso interno de seu casaco de uniforme e começa a mexer na tela. – Você sabe que isto é loucura, né?

Não tenho certeza de que entendo. De acordo com a disciplina de antropologia social que estudamos no ano 12, "louco" significa mentalmente perturbado. A incapacidade de manter os pensamentos numa ordem lógica.

Esse é um dos meus defeitos?

Olho para Trigger, que volta a fitar meu rosto e me dá um sorrisinho.

– É uma expressão idiomática. Vocês não falam isso na Força de Trabalho?

Balanço a cabeça.

– Significa que só alguém incapaz de ver as falhas lógicas no nosso plano o levaria adiante. Você não é literalmente louca.

Ele parece muito certo disso, então decido acreditar nele. Eu saberia se eu fosse louca. Acho.

Trigger volta ao seu tablet.

– Posso entrar na conta da sua instrutora de novo, mas como Sorrel 32 não é da Administração, ela pode não ter acesso à informação que estamos procurando, e não temos tempo para hackear a senha de mais ninguém.

Não tenho certeza de que entendi isso tampouco, mas concordo, de qualquer forma.

– Tudo bem – diz ele, depois de clicar algumas vezes. – Parece que um boletim foi divulgado para todos os instrutores da Divisão de Trabalho do ano 16 algumas horas atrás. Solicitaram que eles levassem todas as suas classes para o Departamento de Defesa, em intervalos diferentes. Provavelmente foi lá que fizeram os exames de sangue. E provavelmente é lá que o recolhimento vai acontecer. Há rumores de que existe um andar no subsolo para esse propósito, ao qual só os altos oficiais da Defesa têm acesso.

Tento conter meu horror.

– Há um andar secreto para matar no Departamento de Defesa?

– A existência dele não é segredo. É um local que a maioria das pessoas não conhece.

– Você sabe dizer se elas ainda continuam lá?

– Não, de acordo com o feed de notícias de Sorrel 32. Seus instrutores não têm permissão para acessar detalhes sobre isso. Os meus também não têm. Isso é limitado aos mais altos oficiais da Defesa e da Administração.

– Tudo bem. Você consegue nos fazer entrar no prédio?

Trigger dá de ombros enquanto coloca o tablet de volta no bolso interno.

– Sim, até que descubram o que estou fazendo e retirem meu acesso. O que não vai demorar muito se descobrirem que ele desapareceu.

– Então precisamos ir agora.

– Nós tínhamos que ter ido duas horas atrás.

Meus sapatos mal tocam o chão do patamar do quarto andar e logo o passamos; estamos a apenas três andares do térreo agora. Olho para a espiral de escadas acima de nós e não consigo acreditar o quanto já avançamos. E o quanto ainda precisamos avançar.

– Nós não podemos simplesmente andar pela cidade – diz Trigger enquanto tento acompanhar cada passo silencioso seu. – Precisamos de um plano.

– Eu tenho um. – Paro, ofegante, no fim da escadaria, com apenas uma porta de aço me separando de uma cidade inteira que me quer morta. – Nós vamos marchar pela cidade. Ou melhor, você vai me fazer marchar pela cidade. Toda a sua Divisão deve estar procurando por mim, certo? Você tem uma daquelas braçadeiras de plástico que eles colocaram em nós no barracão de equipamentos?

– Você quer que eu finja que a capturei? – Trigger me encara.

– Isso permitiria que você me levasse até o prédio, certo?

– Eles a levarão sob custódia no momento que a virem. Farão isso antes de chegarmos ao Departamento, se qualquer pessoa da Administração ou da Defesa nos virem no caminho.

– Então nós evitaremos os gramados comunais e iremos por trás dos prédios. Podemos nos agachar a maior parte do caminho e só andarmos eretos quando houver alguma chance de sermos vistos. Será que funciona?

Trigger dá de ombros.

– Duvido. Mas seu plano é melhor do que qualquer coisa que eu tenha pensado. A parte difícil mesmo vai ser passar pelo portão da ala da Administração.

– Ah. – É claro. – Hum...

– Há um portão do lado de trás da ala de treinamento que só tem um guarda. É usado principalmente para entregas. Acho que é nossa melhor chance.

– Está bem. Então, cadê a braçadeira de plástico? – Olho para sua cintura e percebo pela primeira vez que ele não está usando o cinturão de equipamentos típico dos soldados. – *Por favor*, me diga que elas são um equipamento básico.

– Para um cadete? Não. Mas acho que sei onde conseguir uma. – Trigger abre a porta interna do poço das escadas. Sobre seu ombro, vejo o corredor vazio do primeiro andar. Ele fecha a porta devagar, então abre a porta externa à direita. Mesmo antes de ver a grama e o céu, ouço passos e vozes. Instintivamente recuo, mas Trigger não parece preocupado e, depois de um segundo, percebo o motivo. As vozes e passos estão se afastando de nós.

O último lugar em que alguém esperaria encontrar uma garota fugitiva é no dormitório dela.

Não consigo decidir se isso significa que sou estúpida ou brilhante.

Trigger tira sua mochila, que nos denunciaria no nosso novo plano, e pega minha mão de novo enquanto deixamos o poço das escadas e saímos para uma calçada que segue a lateral do dormitório. Ela é usada principalmente pela equipe local e pelas divisões de trabalho braçal, que empurram carrinhos carregados de suprimentos da baía de entregas atrás da...

A baía de entregas.

– Não! – sussurro, puxando Trigger e fazendo-o parar. – Nós seremos vistos.

– Não seremos. A maioria das entregas chega de manhã. – Ele puxa minha mão novamente, e o sigo em volta do prédio, abraçada à parede na esperança de que as sombras da tarde nos escondam. – A esta hora do dia, a baía deve estar deserta, exceto por... – Em vez de terminar o que estava dizendo, ele aponta com a mão aberta, num gesto triunfante, para dois veículos parados próximo à calçada, no meio da faixa de cruzeiro.

Um carro é azul e tem o logotipo de Lakeview pintado nas laterais. É um carro de patrulha.

O outro não é um carro de patrulha nem um CitiCar, disponível para utilização do público em geral. Para adultos, quer dizer. Os CitiCars são numerados e de um amarelo vivo. Esse carro é preto brilhante e seus vidros são tão escuros que não consigo enxergar dentro. É um veículo pessoal, concedido apenas para pessoas muito importantes.

Diretores de Departamentos. Oficiais da Administração. A Administradora.

Deve pertencer a Ford 45.

Trigger solta minha mão.

– Volto já – ele sussurra, então corre até a baía em direção ao carro de patrulha, meio agachado, por precaução. Ele abre uma das portas da frente e alcança o pequeno compartimento sob o painel. Um segundo mais tarde ele está correndo na minha direção de novo não com uma, mas com várias braçadeiras de plástico brancas.

– Você tem certeza de que quer fazer isso? – ele sussurra, segurando-as para que eu as veja.

– Tenho certeza de que não tenho escolha. – Eu me viro e coloco as mãos nas costas, e, embora tenha me voluntariado para isso, sinto quase tanto medo quanto senti quando os soldados de verdade me prenderam no barracão de equipamentos.

A sensação do plástico nos meus pulsos é fria e posso ouvir e sentir a sensação de zíper se fechando quando Trigger puxa uma extremidade através do buraco na outra ponta. Ele deixa a braçadeira solta o suficiente para ficar confortável. Dobro os pulsos e percebo que, se precisar, posso soltar um deles.

– Só por precaução – ele explica.

– Elas parecem muito soltas?

– A pessoa teria que chegar bem perto para perceber, e aí esse seria o menor dos nossos problemas. Você está pronta?

Eu não estaria pronta mesmo que tivesse uma década para me

preparar. Em vez de responder, me viro e levanto o cotovelo dobrado em sua direção.

Trigger segura meu braço com a mão e respira fundo. Eu me pergunto se ele pode estar tão nervoso com isso tudo quanto eu, mas não há tempo para conversas, porque no momento seguinte estamos nos movendo, não em direção ao gramado comunal, mas para longe dele. Em direção à parte de trás do dormitório e à calçada pouco utilizada que conecta as entradas dos fundos de muitos outros edifícios da ala de treinamento.

É uma caminhada de dez minutos do dormitório até o portão pequeno que ele mencionou, mas parece uma eternidade com minhas mãos presas nas costas. Com a possibilidade de uma prisão muito real me ameaçando.

Cada farfalhar das árvores com a brisa de outono faz com que eu me encolha. Cada pio de passarinho faz meu coração acelerar. E, quando ouço passos na nossa direção, meus pés tentam se enraizar na calçada embaixo de mim.

Dois instrutores viram a esquina da Academia de Especialistas, onde médicos, dentistas e outros genomas altamente capacitados são treinados, e a conversa deles é interrompida quando nos veem.

Trigger me empurra para a frente com mais força do que teria usado se não estivéssemos fingindo que ele me prendeu e, para meu alívio, os instrutores parecem acreditar na nossa encenação.

– Você viu o boletim? – um pergunta ao outro.

Seu amigo faz que sim.

– A Divisão de Trabalho inteira do ano 16. Eles ainda devem estar reunindo todas.

– Usando cadetes?

– Sim. Você não recebeu aquele aviso?

Já estamos longe demais para ouvir, mas escutei o que precisava escutar. Meu plano é um bom plano e Trigger está fazendo bem sua parte. Mesmo assim, cada passo é carregado da possibilidade aterradora de sermos pegos.

Vemos vários outros grupos pequenos de pessoas no caminho. Todos são instrutores ou supervisores e, embora parem para olhar, nenhum nos questiona ou parece duvidar de que somos outra coisa além do que parecemos ser. Possivelmente porque não fomos longe o bastante para encontrar alguém da Defesa ou da Administração.

Quando chegamos ao fundo da Academia de Artes, Trigger me faz parar à sombra do prédio.

– Lá está o portão.

Sigo o dedo esticado dele e vejo que está certo. O portão está aberto e há apenas um guarda.

Mas basta um para soar o alarme.

Eu me viro e vejo Trigger avaliando o guarda, um jovem de 20 e poucos anos, formado da Defesa, cujo olhar vigia constantemente o terreno da ala de treinamento.

– Só precisamos de uma distração... – Trigger olha para as árvores perto do portão e depois para um carro que se aproxima ao longo da faixa de cruzeiro. – Algo grande o suficiente para chamar sua atenção, mas pequeno demais para que ele peça reforços.

Uma câmera posicionada sobre o portão atrai meu olhar quando gira, observando ininterruptamente cada trecho do gramado comunal. A quinze metros dali há outra câmera, numa curva ligeira e fora da vista do guarda.

– Lembra quando você disse que podia hackear as câmeras? – sussurro. – Você pode fazer com que elas parem funcionar um pouquinho?

Trigger acompanha a linha do meu olhar e sorri. Então tira o tablet do bolso e começa a mexer. Um minuto mais tarde, a luz vermelha da câmera se apaga.

Um segundo depois, o guarda tira o tablet de seu bolso e franze a testa. Ele olha para a esquerda, mas não consegue ver a câmera que está na curva da parede.

– Lá vai ele – sussurra Trigger quando o guarda deixa relutante seu posto para checar a câmera com defeito. – Ela vai voltar a funcionar em três minutos. Vamos. – Quando hesito, tentando acalmar os nervos que reviram o meu estômago, Trigger se inclina perto de mim e diz baixinho: – Ande como se fosse dona de si e é isso que as pessoas vão pensar.

Deixo que ele me conduza até o portão, tão rápida e silenciosamente quanto podemos, sem atrair mais atenção. Não vejo ninguém nos observando e, com alguma sorte, se alguém estiver, vai acreditar na nossa encenação.

O trajeto entre o portão e o fundo do Departamento de Especialistas é curto, e quando chegamos à esquina, escondidos nas sombras do prédio, vemos o Departamento de Defesa.

– Está bem – Trigger sussurra. – Precisamos encontrar um jeito de entrar sem sermos vistos. – Ele puxa o tablet do bolso interno de seu casaco mais uma vez. – Tenho certeza de que agora eles já descobriram que eu desapareci, portanto escanear meu código de barras em qualquer porta vai fazer soar o alarme. Então nós precisamos...

Sua voz desaparece ao fundo enquanto um ruído alto vem do lado oposto do Departamento de Defesa.

– O que é isso? – pergunto com voz baixa. Então tenho que repetir minha pergunta um pouco mais alto para que ele possa me ouvir.

– Parecem... motores. – Trigger olha para cima, franzindo a testa quando o primeiro veículo circunda o outro lado do Departamento de Defesa. Ele segue a faixa de cruzeiro pintada na rua, como qualquer carro normal, mas não há nada de normal com esse veículo. É *imenso*. Tem pelo menos quinze metros de comprimento. Parece um carrinho de entregas gigante, totalmente fechado.

Na frente há um compartimento de passageiros com apenas um homem. Um soldado.

Atrás do primeiro veículo vem outro. E mais outro. E mais outro.

– O que é isso? – volto a perguntar.

Trigger só responde depois que eu lhe dou uma cotovelada e repito a pergunta.

– São caminhões de carga. Eles são usados para entregar produtos que comercializamos com outras cidades. Mas...

– Mas não se carrega suprimentos no Departamento de Defesa – murmuro enquanto observo a procissão de caminhões. Alguma coisa não está certa. Posso sentir isso pelo arrepio que eriçou os meus pelos e a dor estranha nos meus ossos. – Eles vêm do depósito central.

– E soldados não fazem entregas – ele acrescenta. – Os produtos são sempre levados por integrantes da alta hierarquia da Administração.

A fila de caminhões se estende para além do que podemos enxergar de onde estamos escondidos e parece não ter fim à vista.

– Os soldados são enviados em caminhões assim? – pergunto, desesperada por uma explicação lógica para acalmar a inquietação que toma conta de mim.

– Não. Os caminhões de transporte de soldados têm a parte de cima de lona removível. E nunca vi mais do que alguns enviados ao mesmo tempo. Eles carregam até oitenta corpos cada. Essa quantidade de caminhões pode carregar centenas. Talvez milhares...

Parece que nós dois ouvimos o que ele disse ao mesmo tempo.

Corpos. Milhares.

Ele quis dizer corpos vivos, mas...

– Não. – Balanço a cabeça para lá e para cá. Não sou capaz de parar. Sorrel, Violet e... Poppy.

Todas as noites que ficamos acordadas conversando furtivamente. Todos os almoços em que criticamos as verduras murchas nas nossas bandejas, imaginando como *nós* as prepararíamos. Mil sorrisos e gargalhadas e ao menos uma centena de vitórias nos dias de recreação, quando eu trocaria a cobertura do meu cupcake pelo bolo do dela.

Ela *não* pode ter partido. Não consigo sequer imaginar o mundo sem ela.

– Espere aí. Deixe-me checar. – Trigger toca em seu tablet de novo enquanto observo a procissão sem fim de caminhões de carga com lágrimas nos olhos. – Sua instrutora não tem acesso a nenhuma informação útil. Preciso da conta de outra pessoa…

– Como eles fizeram isso?

– Ahn? – Mas ele continua mexendo no tablet. – Não consigo acessar as imagens das câmeras. Alguém as bloqueou. Espere. Consegui uma imagem. Está transmitindo da baía de carga atrás do Departamento de Defesa. Ainda há uma dúzia de caminhões lá atrás. – Ele segura o tablet na minha direção, mas não consigo olhar, porque não consigo deixar de fitar a procissão que ainda está passando. – Eles estão apenas esperando em fila.

– Trigger, como eles *fizeram* isso? – pergunto em voz baixa. – O recolhimento. Será que elas sentiram alguma coisa?

– Você não sabe se elas estão nesses caminhões, Dahlia – ele diz e volta a mexer no tablet.

– O que mais Lakeview teria para carregar aos milhares, do Departamento de Defesa, com seu andar secreto para matar pessoas, no mesmo dia em que meu genoma deve ser recolhido? – Só isso faz sentido, nada mais.

Não que a verdade faça algum sentido. Não havia nada de errado com elas. Elas não eram uma ameaça à eficiência da cidade ou à confiança dos cidadãos na capacidade de liderança da Administração.

Elas não precisavam morrer.

Trigger faz um barulho estranho com o fundo da garganta e eu deixo de olhar para o desfile de caminhões para vê-lo observando seu tablet.

– Um boletim acaba de ser divulgado para todos os seus instrutores. Está feito.

– Não pode ser. – Eu o ouvi. Eu sabia da verdade antes mesmo de ouvi-lo. Mas não consigo...

Não consigo...

Não consigo...

TREZE

TRIGGER TIRA UMA PEQUENA FACA DOBRÁVEL do bolso, mas eu quase não sinto quando ele corta a braçadeira que prende minhas mãos. O plástico cai no chão e me dou conta de que alguém vai encontrá-lo eventualmente e descobrir que estivemos aqui. Que vimos a caravana e que eu não estava num daqueles caminhões.

Mas eles nunca saberão a história toda. A Administração não vai deixar que saibam. Eles acabaram de matar quase cinco mil pessoas para evitar exatamente isso.

– Shhh… – Trigger sussurra no meu ouvido, com os braços em volta dos meus ombros, os pelos de sua barba roçando meus cabelos. E só então percebo que estou chorando. Estou soluçando, arfando e me afogando em lágrimas. Meu nariz está escorrendo. O mundo inteiro parece uma aquarela vista de muito perto através dos meus olhos cheios d'água.

O recolhimento não devia ter acontecido assim.

Eles nos disseram que recolhimentos eram bons. Que eram necessários para preservar a ordem. Para manter o restante de nós seguros e produtivos.

Mas na verdade não é assim. É uma morte sem sentido. São milhares e milhares de vidas *roubadas*. Nossos ancestrais violentos e destrutivos tinham um nome feio e brutal para isso.

Assassinato.

Lakeview acaba de *assassinar* minha melhor amiga. *Todas* as minhas amigas. Quase todo mundo que conheci na vida. A Administração pensou que, se recolhesse todo um genoma, não restaria ninguém para sentir falta delas. Mas *eu* estou aqui. *Eu* sinto falta delas.

– Tente se conter tempo suficiente até eu encontrar um lugar seguro – Trigger sussurra.

Mas não há lugar seguro. Esse é o problema.

Trigger vira as costas para mim e ouço um ruído de metal contra metal. Ele está com a faca de novo. Está forçando uma fechadura. Um segundo depois, ele abre uma porta pesada e me puxa para um espaço estreito com um grande eco. Outra escadaria.

– Onde estamos? – Soluço, limpando os olhos, mas o esforço é em vão. As lágrimas não vão parar.

– No Departamento de Especialistas. Mas o turno já acabou por hoje. Não haverá ninguém aqui a não ser a equipe de limpeza da noite e, se ficarmos na escadaria, não teremos que nos preocupar com as câmeras. Mas você precisa se acalmar. Não podemos ficar aqui muito tempo. Quanto mais demorarem para encontrar você, mais ampla e minuciosa vai ser a busca.

Acalmar-me. Isso parece impensável.

Como posso me acalmar quando acabamos de ver várias dezenas de caminhões cheios de corpos seguindo para o portão da cidade? Quando todo mundo que conheci na minha vida inteira morreu por minha causa?

Não tenho como me acalmar.

No fundo da minha mente, apesar de tudo que deu errado, eu acreditava que havia um meio de consertar isso. Nós poderíamos falar para todo mundo que minhas idênticas não eram defeituosas. Poderíamos lutar e fugir para a floresta juntos. E Poppy, Trigger e eu poderíamos levar uma vida "estranha" e primitiva sozinhos. Colhendo plantas selvagens.

Caçando vacas selvagens ou o que quer que os soldados aprendem a caçar e cozinhar.

Mas isso nunca foi mais do que uma fantasia, e agora essa fantasia está morta assim como todas as amigas que eu já tive.

Nunca mais vou ver um rosto que se pareça com o meu.

Nada ficará bem de novo.

Trigger abre cada porta um pouquinho, uma por vez, para se certificar de que ninguém está se aproximando do primeiro andar do Centro de Artes pelo lado de fora. Então ele me puxa e me abraça. Mas isso só faz com que eu chore mais.

Eu me agarro a ele. Não sei como parar, e ele parece não se importar por eu estar molhando o ombro de seu casaco de uniforme com minhas lágrimas.

– Dahlia.

Ele diz meu nome três vezes antes que eu consiga dar um passo para trás e limpar meu rosto com as duas mãos. Seu rosto parece estar esticado e deformado, visto através das lágrimas que ainda se acumulam em meus olhos.

– Precisamos ir. – Ele afasta uma mecha de cabelo do meu rosto, onde ela estava grudada à pele com as lágrimas e a coriza, ou ambas. – Agora que você não está mais chorando, podemos conseguir sair da cidade sem sermos vistos.

– Como? – Nada mudou. O portão da cidade continua trancado. E, mesmo que ele não estivesse sendo vigiado, nenhum de nós teria autorização para destrancá-lo.

– Há outra forma de sair de Lakeview e, desde que eles não saibam que estou com você, não pensarão em nos procurar lá. Por isso temos que correr, antes que descubram.

O recolhimento acabou. Ford 45 vai querer falar com Trigger sobre mim.

– Espere. – Tudo está indo rápido demais. O que quer que haja de errado comigo fez com que minhas irmãs fossem mortas. Se eu tiver que sair de Lakeview sem essa informação, nunca vou ficar sabendo. – Há algo de errado comigo, Trigger. Você os ouviu falando. Sou uma anomalia.

– O que ouvi foi que eles ainda não a encontraram, mas, agora que estão usando cadetes para dobrar a patrulha, vão encontrar muito em breve. Venha.

Mas puxo sua mão e ele parece ainda menos disposto a me largar do que de sair da escadaria.

– Eu sou diferente, Trigger. – Aquela palavra sempre pareceu agourenta. O diferente é perigoso. O diferente está condenado. O recolhimento do meu genoma inteiro mais do que confirmou isso. – Não importa o quanto eu me parecesse com Poppy, Sorrel e Violet, não importa o quanto eu as amasse, eu nunca me encaixava de verdade. Tentei negar isso por tempo demais. Tentei fingir que eu não tinha pensamentos que não deveria ter. Que eu não queria coisas que não deveria querer. Mas o que quer que haja de errado comigo custou a vida das minhas amigas e eu preciso saber por que elas morreram. Preciso saber em que sou diferente. Preciso saber *por que* sou diferente. Não posso fugir para a floresta para sempre sem saber.

Minha diferença iria me assombrar, junto com os milhares de fantasmas que tinham o meu rosto.

– Por que isso é importante? – Trigger pergunta com uma voz suave tanto no volume como no tom. – Você não é mais diferente, porque não resta ninguém com quem você pode se comparar. Agora, você é quem você é. Eu *gosto* de quem você é. E, se nós sairmos da cidade, você pode ser quem você é pelo resto da sua vida.

Tudo o que ele está dizendo é verdade, mas nada disso resolve o problema.

– Preciso saber o que há de errado comigo e se isto tudo foi inevitável. Será que minhas idênticas foram condenadas por causa de quem eu sou, algo que está além do meu controle, ou por causa do que eu fiz? Do que *você e eu* fizemos? Nós somos responsáveis por tantas mortes, Trigger, e preciso saber por que isso está acontecendo. Por que existo, se tenho falhas. Preciso saber por que o geneticista que me criou está fugindo, assim como nós. Preciso saber como só um entre cinco mil genomas idênticos teve falhas e, sabendo disso, por que ele colocaria esse genoma em produção.

– Seu geneticista está fugindo? – Os olhos de Trigger se arregalam como nunca vi. Ele está começando a entender.

Confirmo com a cabeça.

– Seu nome é Wexler 42.

– Talvez ele não soubesse. É por isso que está fugindo. Ele sabe que cometeu um erro terrível e que teve participação nisso.

Um erro terrível? O sangue se esvai do meu rosto e sinto minhas bochechas esfriarem. Trigger está certo. Se não fosse um erro, nada disso teria acontecido. Mas a verdade ainda dói.

– Não. Espere. – Ele franze a testa. – Não foi isso o que quis dizer. Wexler 42 cometeu um erro, obviamente, mas *você* não é um erro. Na verdade, você é uma espécie de milagre. – Seu olhar fica mais intenso, e quase acredito nele. – A garota que não deveria existir. – Sua mão aperta mais a minha. – Você mesma disse isso, que sempre pensou de um jeito diferente das outras. Se você não fosse uma anomalia, provavelmente não teria chegado até aqui.

– Se eu não fosse uma anomalia, eu não precisaria chegar até aqui. E se eu estiver doente?

– O quê? – Sua testa franzida me mostra que ele enfim compreendeu. – Por que você estaria doente?

– Eles não ensinam história na Academia de Defesa? A manipulação genética começou como uma forma de prevenir e eliminar doenças hereditárias e anomalias cromossômicas. E se for isso que há de errado comigo? E se todos os genomas na minha Divisão foram varridos, ou limpos, ou coisa do tipo, e só se esqueceram de um?

– Acho que não é assim que funciona, Dahlia. Acho que eles teriam que colocar uma doença em você para que ela existisse. – Mas ele parece estar longe de ter alguma certeza.

– Eles não constroem genomas do zero – insisto. – Eles têm que começar com um material de base. Há um cofre de genomas no laboratório de genética. Os geneticistas começam com uma amostra do cofre e alteram para garantir que produzirão pessoas saudáveis, resistentes e bem adaptadas ao seu lugar. À sua Divisão. Se o genoma inicial tem falhas, não é possível que, quando chegou a minha vez, simplesmente... esqueceram alguma coisa?

– Acho que não.

– Mas Wexler 42 sabe com certeza. Precisamos encontrá-lo. Preciso falar com ele antes de irmos embora.

Trigger solta o ar devagar e sei que ele se convenceu.

– Faz quanto tempo que ele fugiu da custódia?

Não há relógios na escadaria, então posso apenas estimar.

– Talvez cinco minutos antes de mim. Então não mais de três horas atrás. Por quê?

– Acho que sei como ele tentará sair da cidade – diz ele, olhando para a porta externa como se pudesse enxergar através dela. Como se visualizasse seu plano.

– Como? – Limpo o rosto novamente, desta vez com a parte de dentro do casaco que peguei emprestado de Violet. Por um segundo, me sinto mal por sujá-lo. Então lembro que ela não vai mais precisar dele e me sinto ainda pior. – Outro portão pequeno?

– Não exatamente. Seria mais como um portão *especial*.

– O que faz dele especial? – Meu pé não para de mexer. Agora que decidimos ir atrás de Wexler, estou cheia de ansiedade e sem nenhuma paciência.

– Só é usado por certas pessoas e apenas em determinados momentos.

Que pessoas? Que momentos? Como posso saber tão pouco sobre a cidade onde vivo?

– Como podemos chegar a esse portão especial sem sermos vistos?

– Eu tenho uma ideia. – Ele abre a porta externa de novo e espia pela fresta antes de se virar para mim. – Está bem. Vamos.

Dou minha mão para Trigger enquanto passamos pela porta. Do lado de fora, o sol começa a se pôr. As sombras estão mais longas agora, e me sinto um pouco desconfortável quando percebo que a sombra do Departamento de Especialistas se estende até dois terços do caminho para o Departamento de Defesa. Sei que é para lá que vamos antes mesmo de Trigger virar naquela direção.

Balanço a cabeça.

– É longe demais – sussurro.

– Nós vamos conseguir – ele insiste, falando baixinho. – Coloque as mãos nas costas de novo, como se estivesse presa. Nós vamos marchar como fizemos antes, mas desta vez ficaremos na sombra do prédio a maior parte do tempo.

– E se formos vistos?

– Acho que não seremos. Veja. – Ele aponta entre os prédios para um ponto distante no terreno. Acompanho seu dedo e vejo uma multidão reunida para observar o final da caravana. – Eles vão entrar em alguns minutos, daí vamos perder nossa chance. Vamos.

Antes que eu possa argumentar ou mesmo pensar sobre o risco, ele agarra meu braço e começa a marchar, me arrastando. Não posso fazer nada sem chamar atenção, exceto repetir o meu papel de antes.

Trigger anda rápido e tenho dificuldade de acompanhar. Mas ele está certo. A parte de trás da Academia de Defesa está deserta, exceto por um único carro preto, parado perto da calçada na faixa de cruzeiro.

– De quem é esse carro? – Parece aquele que estava parado atrás do dormitório meia hora atrás.

De repente, compreendo.

– É o carro de Ford 45 – falo.

Trigger concorda, cerrando os dentes com determinação. Eu continuo:

– Não podemos pegar esse carro. Ele não vai dar a partida para nós. – Se qualquer pessoa que não o dono colocar o pulso sob o scanner para tentar dar a partida, as portas do carro se trancam e o veículo leva o ladrão direto para a sede da Administração, onde ele pode ser imediatamente preso.

Lembro de pensar, quando era criança, em como essa medida de segurança era absurda. Não conseguia imaginar que *alguém* pudesse tentar roubar um carro. Certamente esse tipo de comportamento denunciaria que um genoma é defeituoso.

Mas isso foi antes de conhecer Trigger 17.

– Nós não vamos dar a partida no carro de Ford. Ele vai. – Trigger parte na direção do veículo e, como não o sigo, ele segura minha mão e me puxa para a frente de novo. – Nós só vamos acompanhá-lo na viagem.

– Isso é *loucura* – sussurro, olhando em volta enquanto o sigo, certa de que estamos prestes a ser pegos. – Você quer pegar uma carona com o homem que organizou o assassinato de todo o meu genoma?

– Sim. Ele vai nos ajudar a fugir. Acho a ironia muito prazerosa. – Ele dá um sorriso largo que eu gostaria de corresponder, mas a lógica e a precaução me impedem.

– E se ele nos vir? – pergunto enquanto Trigger abre a porta de trás. O veículo designado a Ford 45 tem três fileiras de bancos e acomoda oito pessoas. Ele deve ser mesmo muito importante.

– Ele nem vai olhar para a parte de trás do carro. Homens como Ford 45 raramente tomam precauções porque não precisam. Roupas limpas aparecem em sua gaveta toda manhã e sempre há comida pronta na hora das refeições. Seus banhos são sempre quentes e seu quarto está sempre limpo.

– Mas isso acontece com todos nós. – Porque todo mundo tem um papel a cumprir. Não vemos as pessoas que lavam nossas roupas e servem nossas refeições da mesma forma que ninguém vê os agricultores hidropônicos que plantam nossa comida.

– Não é assim na natureza. – Trigger abaixa a fileira do meio dos assentos e faz um sinal para que eu passe por cima dela e vá para a última fileira. – Nem na batalha.

Porém, antes que eu possa perguntar se ele já esteve em batalha, ele passa para trás. De repente, estamos colados juntos ao piso da parte de trás, e tudo o que consigo pensar é em como seu corpo está tocando o meu. Os vidros escuros transformaram a parte de trás do veículo numa piscina de sombras, na qual estamos suspensos. Juntos e sozinhos.

De certa forma, isso parece ainda mais íntimo e ousado do que os nossos momentos no barracão de equipamentos.

–Você tem certeza de que quer fazer isso? – sussurro, porque de certa forma a escuridão parece pedir isso.

– Fazer o quê? – Trigger sussurra de volta, e me pergunto se é porque eu sussurrei antes ou se porque as sombras também pedem a ele delicadeza. Como se um som alto demais fosse acender as luzes e nos expor.

– Escapar. Fugir. Você poderia voltar para o dormitório agora mesmo e dizer a eles que saiu porque queria ajudar com a busca. Ninguém nunca vai saber que você me ajudou.

– Eventualmente eles nos viram nas imagens de segurança – observa Trigger. Sinto sua respiração na minha bochecha a cada palavra: é como o toque de uma pena, mas parece sólida ao mesmo tempo. Importante.

– Além disso, nós já estamos ligados pelo primeiro boletim de detenção.

–Você poderia dizer que falou para eu me entregar. Eu podia bater na sua cabeça para eles acreditarem que te deixei inconsciente.

Trigger dá risada.

– Eles não acreditariam nisso mesmo que você fosse uma cadete das Forças Especiais.

– Eles podem acreditar – protesto, incapaz de esconder a irritação na minha voz. – Eu me tornei perigosa e imprevisível, caso você não tenha ouvido falar.

Sua risada parece mais profunda. Mais íntima, de alguma forma.

– Eu ouvi. Mas se uma agricultora de um metro e sessenta e cinquenta quilos pode me deixar inconsciente com nada além de suas mãos, eu mereço mesmo ter perdido minha trança.

Meus olhos se arregalam, mas não tenho certeza de que ele consegue ver isso em meio às sombras.

– Como você sabe minhas dimensões físicas?

– Forças Especiais. Sou treinado para avaliar as forças físicas de um oponente potencial só de olhar, para me defender melhor.

– Então? Pode me avaliar.

O veículo se mexe um pouco enquanto Trigger se ajeita no chão, e espero que ninguém do lado de fora tenha percebido o movimento.

– Seus dedos são ágeis e você tem habilidades motoras excelentes. Contudo, seus braços são menos desenvolvidos fisicamente do que a parte de baixo do seu corpo. Isso porque você normalmente levanta cargas leves e às vezes moderadas como parte de seu principal dever na cidade, e você as levanta com suas pernas. Sua recreação física consiste principalmente em esportes de equipe destinados à saúde cardiovascular. Muita corrida, como no revezamento e no futebol.

– Então para que estou mais apta?

– Agricultura – diz Trigger, e o encaro zangada no escuro.

– Quero dizer, para que tipo de combate? Quanto estrago eu poderia causar numa luta?

– Contra um soldado? Muito pouco. Com sorte você poderia conseguir dar um chute ou dois, mas a parte de cima do seu corpo é muito fraca para dar um belo soco ou se soltar dos braços de alguém, e você é muito lenta para se especializar em qualquer uma das artes marciais que não exigem muito tamanho. Mas isso tudo pode ser corrigido.

– Pode?

Sua sombra dá de ombros.

– De certa forma. Você nunca será uma lutadora extraordinária, porque você foi criada para plantar e não para ter músculos. Mas sua estrutura é ereta e sólida, e você poderia ter muito mais músculos do que tem agora. Então, sim, você poderia ser ensinada a se defender.

– Eu...

A mão de Trigger cobre minha boca, interrompendo minha pergunta e, antes que eu possa me recompor da surpresa, ouço o que ele já tinha ouvido: passos, botas no concreto. E uma voz mais do que familiar, depois da discussão que ouvimos no 12º andar.

– Quero que a encontrem na próxima hora – diz Ford 45. O carro balança quando ele abre a porta da frente e a luz do dia banha o interior. Estamos protegidos da luz pelos encostos dos bancos traseiros, mas se Ford ou o soldado com quem ele está falando olharem pela janela de trás, seremos vistos. – Mande-me um aviso imediatamente quando a capturarem. Você tem meu contato direto?

Através do vidro escuro, posso ver o outro homem concordar. O nome em seu uniforme é Calibre 32.

Ford fecha a porta. Espio entre os bancos e o vejo erguendo o pulso embaixo do sensor embutido no painel. O motor ganha vida e o carro vibra em torno de nós. Ford inclina seu banco para trás e pega um pequeno tablet do bolso interno de seu paletó.

– A mansão da Administradora – diz ele enquanto começa a mexer no tablet e passar por uma série de mensagens que não consigo ler.

O carro anda suavemente, seguindo a faixa de cruzeiro pintada na rua, e balanço com o movimento, surpresa quando, por um segundo, meu estômago parece que vai ficar para trás em relação ao resto do corpo. Nunca estive dentro de um veículo antes. Na verdade, raramente vejo carros, porque a ala de treinamento é povoada principalmente por crianças e adolescentes que não têm autorização para usar um CityCar.

Não que tivéssemos algum lugar para ir, se pudéssemos usar um.

A tela embutida no painel mostra a rota padrão como uma linha destacada sobre um mapa bidimensional da cidade, no caso de o passageiro querer fazer alguma mudança ou pegar um desvio. Olho fascinada para ela até cansar; já Ford sequer a espia. Ele já está perdido em suas tarefas de liderança.

À medida que o veículo particular dá a volta no dormitório e segue para a estrada principal, a luz do dia recai sobre o rosto de Trigger e percebo que, ao contrário de mim, ele não está aterrorizado com o destino de Ford. Em vez disso, Trigger parece aliviado. Ele *quer ir* para a mansão da Administradora.

De certa forma, ele sabia que era exatamente para lá que Ford 45 nos levaria.

QUATORZE

OLHO PARA FORA ATRAVÉS DA JANELA por cima da cabeça de Trigger, à medida que os prédios conhecidos vão passando em ângulos pouco familiares. Nunca os vi assim, tão altos e efêmeros.

Um toque ressoa no veículo e eu me encolho, assustada com o som repentino. A tela do painel se ilumina e o mapa de nossa rota desaparece para revelar uma mensagem que diz: "Solicitação de comunicação".

– Solicitação aceita – diz Ford 45.

A tela se acende de novo e vejo de relance um rosto feminino levemente enrugado, com cabelos grisalhos presos num coque ao estilo da Administração. Volto a me abaixar atrás do assento, com o medo fazendo meu coração bater forte.

Os olhos de Trigger estão arregalados. *Você foi vista?*, ele pergunta sem emitir som.

Balanço a cabeça. E espero estar certa.

– Administradora – diz Ford 45. – Estou a caminho...

– Onde está ela? – inquire a Administradora.

Um nó se aperta na minha garganta. Eles estão falando de mim.

– Acho que estamos próximos de encontrá-la...

– Você *acha*? Quero ouvir que tem certeza. Você *sabe* onde ela está?

– Não, senhora. Eu estava a caminho da mansão, mas voltei à Academia de Defesa para questionar o cadete. Eu...

– Ford 45, aquela garota representa a maior ameaça à segurança que Lakeview já teve. – A declaração da Administradora me faz arrepiar.

– Mas ela é apenas uma agricultora – diz Ford, lendo meus pensamentos. – O que há de tão perigoso em uma agricultora defeitu...

– Ela *não pode* fugir da cidade. E o geneticista?

– Wexler 42. Ele ainda está desaparecido. Seu laboratório está estudando o genoma, tentando descobrir o que aconteceu com Dahlia 16, mas a coisa toda é muito estranha, senhora. Eles não conseguem encontrar nenhum registro da montagem do DNA nem as planilhas de trabalho do genoma em questão.

Durante o breve silêncio da Administradora, consigo ouvir meu coração.

– Você acha que Wexler 42 os deletou? – ela pergunta por fim.

– A Defesa colocou sua melhor equipe digital nisso, e até agora eles não encontraram nenhum sinal de que os registros tenham sido deletados. – O assento de Ford 45 range enquanto ele se ajeita, desconfortável. – Pior que isso, eles não conseguem encontrar nenhum sinal de que os registros sequer existiram.

– Isso é impossível. O protocolo exige um registro para cada gene da sequência.

– Sim, senhora. A equipe digital não conseguiu encontrar o pedido original da cidade para a classe de trabalhadores do ano 16. Estou a caminho da mansão para procurar nos arquivos de apoio. Então eu...

– É melhor você chegar aqui em cinco minutos. E, Ford 45?

– Sim, Administradora.

– Se você não encontrar o geneticista e a anomalia *hoje*, vou promover outra pessoa a Chefe de Departamento e *você* será recolhido. – Outro toque baixo sinaliza o fim da comunicação.

Pasma, só consigo olhar para Trigger, tentando perceber a partir do seu rosto, também pasmo, se ele entendeu mais do que eu.

Ford resmunga. Então ouço um barulho de algo se quebrando e um suspiro de dor. Olho entre os assentos e vejo que a tela foi quebrada e os nós dos dedos da mão direita de Ford 45 estão pingando sangue.

Obviamente, ele também não quer ser recolhido.

Segundos depois, o carro para devagar. Franzo a testa e me viro em silêncio para enxergar através do vidro sobre minha cabeça. Só faz alguns minutos que saímos da ala de treinamento, como é que já podemos ter chegado à mansão da Administradora? Será que a cidade é tão pequena que eu poderia atravessá-la andando se tivesse permissão para sair da ala de treinamento?

Entre os assentos, vejo Ford colocar seu tablet de volta no bolso do paletó com a mão esquerda, limpa. Ele abre a porta e sai do carro, com a mão direita erguida perto do peito.

Através da janela sobre minha cabeça, eu o observo se afastar do veículo sem nem olhar para trás, mas não consigo ver para onde ele está indo sem me expor.

Trigger está certo. A negligência de Ford vem de um tipo de arrogância que eu jamais sequer considerei. Ele assume que o restante das pessoas não tem a inteligência ou a audácia para invadir seu espaço pessoal e sua propriedade, porque está numa posição de autoridade e não passa mais seu tempo cercado por seus poucos idênticos. E, no geral, ele está certo. Nunca teria me ocorrido pegar uma carona na traseira de seu veículo pessoal. Fugir me aproximando do mesmo homem que está tentando me encontrar.

Trigger coloca uma mão no meu braço e, ao me virar, o vejo com um dedo sobre os lábios fechados, num sinal para eu ficar quieta. Concordo e ele se levanta um pouco, lentamente, até conseguir ver através do vidro por sobre minha cabeça, para ter certeza de que não há ninguém ali que possa nos ver saindo do carro. Ele está contando com os vidros escuros, e com um pouco de sorte, para não ser visto, e fico contente de deixá-lo assumir esse risco por nós dois, mesmo sabendo que nós dois seremos pegos se ele for visto.

– Há dois homens esperando na porta – ele sussurra. – Eles não conseguem ver dentro do carro, se você quiser olhar.

Não quero olhar, mas, se vou fugir da cidade e sobreviver na natureza, preciso começar a assumir mais riscos. Então me viro no espaço estreito entre a parte de trás do assento à minha frente e a parte da frente do assento atrás de mim até que consigo ficar de joelhos e olhar pela janela.

Estamos atrás de um prédio que nunca vi antes. Não é alto como a Academia de Defesa nem brilhante como a Sede da Liderança. Este prédio é baixo, tem apenas três andares, janelas esquisitas e um telhado anguloso com telhas asfálticas antigas.

É pelo telhado que percebo que este não é um prédio público, mas uma residência privada. Uma versão maior das casas individuais sobre as quais aprendemos durante nossa unidade de história, da época em que as pessoas nasciam, em vez de serem cultivadas, e viviam em unidades familiares que consistiam de irmãos genéticos e pais que os tinham concebido.

– Isso é uma *casa* – sussurro. As palavras soam tão confusas quanto eu estou.

– É a única na cidade – Trigger confirma. – É a mansão da Administradora.

– Por que a Administradora precisa de uma casa gigante? – Eu *dividia* um quarto e roupas com outras três pessoas. Uma classe e suprimentos com mais de uma dezena. Um refeitório com centenas. Um rosto com milhares.

– Não é apenas uma casa. Ela trabalha na mansão, administrando a cidade, encontrando-se com os chefes dos Departamentos e com representantes de outras cidades, e fazendo o que quer que uma Administradora faça.

– De quantos cômodos ela precisa para isso? – Meu olhar se volta para a parte de trás da mansão, para os tijolos e as pedras e o que parecem ser tábuas de madeira pintadas. Há três chaminés e um espaço grande aberto onde três veículos pretos particulares estão estacionados. – Por que uma mulher precisa de três carros?

– Acho que é mais um privilégio do que uma necessidade. – Mas posso dizer pela distração na voz de Trigger que ele não está mais interessado na mansão da Administradora. – Eles estão entrando.

Sigo seu olhar e vejo Ford 45 entrar na casa por uma porta nos fundos. Um homem de calças e camisa pretas entra logo depois. Outro homem, também vestido todo de preto, segura a porta aberta para eles, então a fecha depois de segui-los para dentro.

– Quem são esses homens? – pergunto enquanto Trigger se levanta para ficar de joelhos e olhar através de todas as janelas do carro.

– Seguranças particulares. Eles foram recrutados pelas Forças Especiais para proteger oficiais do alto escalão, como os chefes de Departamentos e a Administradora.

– Protegê-los de quê?

Trigger pisca. Ele franze a testa, como se a pergunta nunca lhe tivesse ocorrido antes.

– Não sei. Ameaças de fora da cidade, acho.

– Que tipo de ameaças?

Trigger senta-se no banco e franze a testa para mim.

– Para uma garota que nunca fez uma pergunta na vida até alguns meses atrás, você com certeza tem muitas delas agora. – Ele estende a mão e alcança a maçaneta da porta atrás das minhas costas. – Precisamos ir enquanto ninguém está observando.

Eu me sento no banco ao lado dele e olho pelas janelas distribuídas de forma esparsa na parte de trás da mansão da Administradora.

– Se alguém olhar para fora, seremos pegos.

– Sim. Então vá rápido.

Trigger passa por mim e sai do carro. Eu o sigo para fora e piso numa placa de concreto na qual arabescos intrincados foram calcados. Ele fecha a porta do carro suavemente, então pega minha mão e, de repente, estamos correndo.

Suas botas não fazem nenhum barulho no concreto, mas meus tênis não são tão silenciosos. Fico tão preocupada em imitar o silêncio dele que não percebo que estamos correndo na direção da mansão, e não para longe dela.

– Espere! – Eu o faço parar no meio do caminho do pátio de trás da casa da Administradora. Isso é extremamente perigoso. Podemos ser vistos a qualquer segundo. Mas entrar na mansão parece tanta loucura que por um segundo eu me pergunto se o seu verdadeiro objetivo é...

– Trigger? – Algo na minha voz faz com que ele se vire e ele parece entender meu medo só de olhar para o meu rosto.

– Eu não vou entregar você, Dahlia. Se quisesse fazer isso, teria deixado o comandante surpreendê-la no dormitório.

– Por que você está me ajudando? – Naquele momento, apesar do risco de ser pega, eu preciso saber.

Trigger dá um beijo rápido nos meus lábios.

– Porque gosto de você e não quero perdê-la. – O sorriso dele me aquece por dentro. – E porque quero ver se suas raízes vão crescer selvagens. Então *vamos* – ele sussurra, puxando-me de novo.

Contra o bom senso, cruzamos o restante do pátio em direção ao espaço cheio de carros. A memória distante das aulas de história o rotula de "garagem", mas ainda assim não consigo imaginar por que uma mulher precisa de três veículos diferentes.

Vou atrás de Trigger até lá, onde vejo que não há um grão de poeira em nenhum dos carros. Ele vira à esquerda abruptamente e abre outra porta. Atrás dela, um lance de escadas leva para baixo, no escuro. Ele faz sinal para que eu o siga, depois fecha a porta. Ficamos sozinhos no escuro. De novo.

– Onde estamos?

– Shh. – Ele resvala em mim ao passar e suas mãos percorrem meu braço até encontrar minha mão, que ele coloca firmemente no corrimão preso à parede, encoberto pela escuridão. – Não podemos arriscar acender a luz até que tenhamos nos afastado da casa. As escadas são íngremes. Cuidado. – Seus passos ecoam à medida que ele desce, afastando-se de mim.

Desço devagar, sentindo os degraus. Quando os passos de Trigger cessam, percebo que ele parou na parte debaixo das escadas para esperar por mim. Sua mão encontra a minha quando meus sapatos tocam o concreto.

– Há uma luz aqui em cima a alguns metros, se eu me lembro corretamente. – Ele me puxa para a frente, e ouço o ruído de sua mão tateando a parede à nossa direita. Ouço um clique, e uma luz suave uns cinco metros à frente ilumina o túnel de concreto.

– Onde estamos? – pergunto enquanto o sigo pelo túnel.

– Na saída de emergência da Administradora.

– Mas já estamos fora da casa. – Meus tênis fazem barulho contra o concreto empoeirado enquanto tento acompanhar o ritmo de Trigger.

– É para que ela consiga sair da cidade, não da casa.

– Por que a Administradora precisa de uma saída de emergência? Que tipo de emergência?

– Qualquer tipo, imagino.

Passamos pela primeira lâmpada e, quando Trigger aciona o próximo interruptor, a luz pela qual passamos se apaga enquanto outra se acende.

– Então este túnel leva ao portão da cidade?

– A um deles. – Sua voz parece ecoar em toda a superfície do túnel estreito. – É um portão exclusivo para pessoas muito importantes. Não há várias delas, por isso o portão não é muito usado.

– E você acha que é lá que vamos encontrar Wexler? – Ou esse é o jeito dele de ignorar meu pedido? *Ah, bem, seu geneticista não está aqui, mas já que nós estamos, podemos muito bem sair e fugir para a floresta...*

– É o que eu imagino, se ele ainda estiver na cidade.

– Como ele saberia sobre este portão? Os geneticistas são tão importantes assim?

Sei a resposta antes mesmo de terminar de fazer a pergunta. Sem os geneticistas, a humanidade teria que voltar à velha maneira, suja e ineficiente, de produzir crianças que podem morrer ou herdar doenças e certamente jamais desenvolverão todo o seu potencial, porque são feitas de fitas de DNA aleatórias, e não de genes escolhidos a dedo, perfeitamente adequados a um propósito específico.

O mundo como o conhecemos certamente ruiria sem os geneticistas.

– Sim – diz Trigger, confirmando meus pensamentos. – Todo ano, a Administradora envia uma delegação de líderes da Administração e geneticistas para fora de Lakeview para se encontrar com representantes de várias outras cidades. Eles o chamam de conferência de cúpula. Com essa idade, Wexler 42 provavelmente já compareceu várias vezes e deve ter saído da cidade pelo portão para o qual estamos indo, que também é a saída de emergência pessoal da Administradora. Como ele só é usado ocasionalmente, não tem guarda regular, então é a melhor chance de Wexler 42 conseguir escapar. E, não por coincidência, é a nossa melhor chance também.

– Era para cá que você ia me trazer antes de eu lhe contar sobre Wexler?

– Não. Eu ia apresentá-la à maravilha do sistema de esgoto de Lakeview. Mas, já que estamos indo para o portão exclusivo, vamos tentar por ele antes.

– Como você sabe de tudo isso, Trigger? – E quanto mais eu *não* sei?

– Nós não passamos todos os dias num laboratório de plantas

cercados de tubérculos. Os últimos dois anos do treinamento de um cadete são metade em campo. Nós participamos de exercícios que têm como objetivo nos preparar para todo tipo de emergência possível, bem como determinar em quais posições seremos mais úteis depois da formatura.

– É mais ou menos assim com os agricultores – conto-lhe enquanto aciono um interruptor para acender a lâmpada à frente. – Aquelas que são melhores com maçãs e peras vão plantar árvores frutíferas. As que são melhores com mandioca e batatas vão plantar raízes e tubérculos. Mas temos que experimentar de tudo para saber no que somos melhores.

– Exatamente. Alguns meses atrás, meu esquadrão treinou para a função de guardas exclusivos. Se formos destinados permanentemente para essa área, haverá muito mais treinamento no futuro.

Ele está falando no presente, como se tivesse se esquecido de que onde estamos e o que estamos fazendo vai alterar para sempre a trajetória de nossas vidas, se conseguirmos sobreviver.

Decido não fazer essa observação.

– Como cadete das Forças Especiais do ano 17, tenho um pouco de treinamento em muitas áreas delicadas.

– É por isso que eles não querem confraternização entre os diferentes Departamentos... – sussurro enquanto nos aproximamos do fim da área iluminada.

Trigger para tempo suficiente para me dar um sorriso quando seu olhar encontra o meu, e sinto um frio na barriga.

– Esta é apenas *uma* das razões pelas quais eles não querem que garotas como você se misturem com caras como eu.

Não sei o que dizer diante disso. Esse sentimento que tenho por ele, essa atração, ainda é tão nova que não tenho certeza se posso confiar nela. É tão inesperadamente física e, de certa forma, parecida com ganhar uma corrida extenuante *e* ter uma dor de barriga. A forma como ele me olha faz com que eu tenha arrepios agradáveis na espinha, mas minhas palmas estão molhadas de suor. Quero que isso pare para que eu possa pensar com clareza, mas ao mesmo tempo não quero que acabe.

Será que as garotas nos tempos arcaicos dos fluidos corporais e doenças congênitas ficavam tão confusas assim?

Reflito sobre isso enquanto andamos, acendendo interruptores à medida que avançamos para que só aquela parte do túnel de concreto esteja acesa no momento. Não tenho como avaliar a distância, mas meu palpite diz que já andamos meia hora quando vemos outra escada, desta vez levando para a superfície.

– Não é para ter ninguém aqui – Trigger diz conforme subimos. – Mas fique em silêncio, só para garantir.

Concordando, eu o sigo para fora do túnel por uma passagem de pedra, longa e alta, que se curva gradualmente nas duas direções.

– Onde estamos? – sussurro logo que percebo que estamos sozinhos.

– Dentro da muralha da cidade – ele sussurra de volta.

– Por que ela é oca?

– Porque a muralha de uma cidade não é simples como a parede de um prédio. Ela precisa ser mais grossa e mais forte. Esta tem quatro metros de largura e seis metros de altura e é oca no meio para permitir o movimento de soldados e suprimentos independentemente das condições lá fora. Nós saímos no meio, então já passamos pelo primeiro portão trancado. Mas há mais um à frente. Aquele que na verdade leva para fora da cidade.

– Você pode abri-lo?

– Estamos prestes a descobrir.

– O que isso significa?

– Significa que as imagens das câmeras são uma coisa, mas duvido que a disciplina básica de sistemas eletrônicos tenha me dado habilidade suficiente para hackear um portão exclusivo. Mas vou tentar.

Depois de vários minutos e uma série de arandelas com luz fraca na parede nenhum portão aparece. E enfim Trigger para de andar.

– Qual é o problema? – Olho na direção de que viemos. – Estamos indo para o lado errado?

Ele balança a cabeça.

– É impossível. – Mas ele se vira para acompanhar meu olhar, de toda forma. – Eu poderia *jurar* que o portão era para a esquerda. Nós já deveríamos tê-lo encontrado a esta altura.

– Bem, a menos que eles o tenham mudado, acho que escolhemos o caminho errado.

– Não escolhemos – ele insiste. – Patrulhei esta seção da muralha por uma semana inteira. Vamos só passar por aquela curva e, se o portão não estiver lá, nós voltamos.

Antes, porém, de chegarmos à curva, uma risada ecoa na nossa direção de algum ponto além dela.

Trigger congela. Seus olhos se fecham.

– É a sala de descanso da patrulha – ele sussurra. – A *sala de descanso* era à esquerda. O portão era à direita.

– Todos nós cometemos erros. – *Evidentemente*. Pego sua mão e o puxo de volta na direção de onde viemos, mas ele não se mexe, olhando para a direção da risada.

– Achei que não haveria ninguém patrulhando agora. Estamos a um mês da cúpula.

– Você não pode saber tudo o que acontece em Lakeview, Trigger.

– Sim, mas chequei a rotina de segurança usando a senha do meu instrutor e não havia nada listado. O que quer que esteja acontecendo aqui, a Defesa não sabe de nada oficialmente.

– Mais motivo ainda para irmos andando. Vamos – sussurro assertivamente, puxando sua mão.

Ele dá um passo atrás. Então nós dois paramos quando passos ecoam na nossa direção, do outro lado da curva.

– Tarde demais – murmura Trigger. – Fique aí.

– Por quê? – pergunto enquanto ele se esconde na sombra da parede, onde a luz de uma arandela não se encontra com a luz da próxima. Um segundo depois o soldado faz a curva. Só que ele não é um típico soldado de patrulha. Está vestido todo de preto, como os seguranças particulares da Administradora.

O soldado para quando me vê e sua mão paira sobre a arma presa à sua cintura.

– Quem é...? – Ele se aproxima, e seu olhar foca meu rosto. – Oh. – Sua mão se afasta da arma. – O que você...?

Trigger aparece silenciosamente das sombras atrás dele, apenas uma silhueta contra a luz que incide na passagem da muralha da cidade. Antes que o soldado possa se virar, Trigger passa um braço em volta de seu pescoço e aperta, colocando mais pressão ao segurar seu próprio pulso com a mão livre.

O soldado tenta puxar o braço de Trigger, mas dentro de segundos seu rosto fica num tom vermelho alarmante. Seus olhos rolam para cima e seus braços se soltam. Quando suas pernas dobram, Trigger arrasta o pobre homem para o local mais escuro, contra a parede.

– Acho que ele não ia atirar em mim – falo baixinho conforme Trigger me conduz na direção de onde viemos.

– Claro que não. – Nós passamos da luz de uma arandela para a luz da próxima, e nossos passos quase não fazem barulho no chão de pedra. – A Administradora quer você viva.

– Não, quero dizer que ele não parecia uma ameaça.

– Você está errada quanto a isso. Só os soldados mais letais das Forças Especiais são recrutados para a segurança particular. – Ele faz uma pausa estranhamente pesada. – Essa era minha ambição.

– Sinto muito. – Eu o tirei da vida de honra e distinção que ele deveria levar.

– Não sinta. Há algo excitante em não saber o que vai acontecer depois. Você não acha? Algo excitante.

Não tenho certeza de que penso *mesmo* assim. Por mais que goste da ideia de colher plantas selvagens, também gostava de saber quando e onde seria minha próxima refeição. Eu gostava de me sentar com Poppy no refeitório e trocar meu milho por seus tomates.

É hora do jantar e não sei como encontrar comida, agora que eu não deveria nem existir, seja em Lakeview ou na floresta. E não tenho Poppy.

– Estou me perguntando o que está acontecendo – Trigger murmura enquanto andamos e percebo que ele está perdido em pensamentos. – Aquele soldado particular, eu reconheço seu genoma. Ele se formou quando eu estava no ano 14. Se todos os soldados na sala de descanso são da segurança particular, alguma coisa grande deve estar acontecendo...

Reduzimos o ritmo depois de passar pelo túnel secreto da Administradora e Trigger começa a parecer mais confiante.

– Sim, é por aqui. Desculpe pelo desvio.

Não posso evitar um sorriso.

– É bom saber que você não está certo o tempo *todo*.

– Por que isso seria bom para...

Um ruído baixo nos faz parar de repente. Ele levanta o dedo até os lábios, mas estou amedrontada demais para fazer qualquer barulho além do ressoar em meus ouvidos do trovão das batidas do meu coração.

Trigger levanta a mão num gesto de "espere aqui", mas meus pés não querem obedecer. Sequer percebo que o continuo seguindo, *finalmente* aprendi a andar em silêncio. Então eu vejo, por cima de seu ombro, um homem usando um longo jaleco de laboratório. Ele está inclinado sobre um scanner embutido na parede de pedra perto de uma porta enorme de metal reforçado. O homem se vira e eu o reconheço.

Encontramos o geneticista foragido *e* o portão da cidade.

QUINZE

– WEXLER 42! – Seu nome explode da minha boca antes mesmo que eu perceba e, quando Trigger se encolhe, compreendo que gritei. O geneticista olha para cima enquanto seu nome ecoa de volta para mim, refletido de todas as superfícies do túnel de pedra. Nossos olhares de cruzam. Sua expressão passa de surpresa para alívio. Ele não está feliz em me ver, mas tampouco está assustado com a minha presença.

Já com a de Trigger...

– Quem é seu amigo? – Wexler pergunta, e seu olhar examina o cadete, aparentemente procurando alguma arma.

Amigo. Meus olhos se fecham e o sorriso de Poppy surge na minha memória. Nunca usei o termo "amigo" para se referir a ninguém que não se parecesse comigo, mas esse novo uso da palavra parece menos estranho do que pareceria antes, depois do uso pouco tradicional que Trigger fez das palavras "bonita" e "beijo".

– Este é Trigger 17. – Não há motivo para esconder essa informação, porque seu crime de cumplicidade provavelmente já foi descoberto pela Administração. Ele provavelmente está sendo tão procurado quanto eu.

Além disso, se nos aproximarmos mais um pouco, Wexler poderá ler o nome de Trigger bordado no uniforme.

– Trigger. – Wexler parece saborear o nome ao experimentá-lo. – O soldadinho de chumbo que acordou a bela adormecida. Uma pena que o mundo nunca vá ouvir essa história.

Franzo a testa. Não entendo o que ele diz

Wexler dá risada e seu olhar se volta para mim agora.

– Ele é o rapaz do barracão, certo?

É claro que ele sabe sobre o barracão. Eles devem ter contado para ele o que fiz quando perguntaram o que havia de errado com o meu genoma.

– Mas aquela não foi a primeira vez, foi? Antes do barracão de equipamentos, ele era o rapaz do elevador, certo? – Minha surpresa deve ser óbvia, porque ele ri de novo. – Está na ficha de vocês. Um alerta foi disparado para a captura de Trigger 17 há vinte minutos, então pesquisei o nome dele junto com o seu. – Wexler levanta seu tablet.

Por que ele me perguntaria o nome de Trigger se já sabia? Será que ele achava que eu iria mentir?

– Por que eles não estão localizando você através disso? – O olhar de Trigger está focado no tablet do geneticista. Quando Wexler não responde, Trigger franze a testa. – Eles deviam estar todos na sua cola no minuto em que você se logou no sistema. Você desabilitou o localizador?

Não faço ideia do que ele está falando, mas o geneticista não parece confuso.

– Ele hackeou o tablet – diz Trigger, mas não entendo esse uso da palavra "hackear". Ele se volta para Wexler antes que eu consiga pensar no que perguntar primeiro. – Você consegue hackear a fechadura da porta? – Ele parece entusiasmado agora, como se a fuga de repente fosse uma possibilidade real.

– Estou tentando. – Wexler olha para o scanner de pulso, que está preso à parede num ângulo estranho. – Mas parece que é mais uma questão de cortar do que de hackear. – Ele tira uma pequena faca dobrável do bolso com a mão livre.

Não, o aparelho não está preso à parede. O scanner está *dependurado*, emitindo seu laser vermelho em direção ao chão perto dos nossos pés. Wexler o retirou da base para acessar um painel menor, onde vários fios coloridos estão conectados a vários outros.

– Não! – Trigger o empurra. – Cortar qualquer um dos fios vai disparar um alarme. Você tem que acessá-lo através do sistema. Dê-me isto. – Ele pega o tablet de Wexler e começa a mexer nas opções tão rápido que nem tenho tempo de lê-las.

Os agricultores têm acesso a um conjunto de tablets para o trabalho escolar, mas não reconheço nada do que estou vendo no de Wexler. Não sei de qual sistema eles estão falando.

Enquanto Trigger tenta hackear, agarro o braço do geneticista e, com ele, sua atenção. Wexler devolve meu olhar não como se quisesse olhar para mim, mas como se *tivesse* que olhar. Como se não pudesse evitar.

– O que há de errado comigo? – pergunto antes que possa perder a coragem. – Com o meu genoma?

– Você é uma anomalia.

– Eu sei! – Minha mão se fecha em volta de seu cotovelo. – Mas o que isso significa?

– Não há nada de errado com você. – Wexler solta o braço e dá um passo para trás. – Você só é diferente.

O pânico queima a minha garganta.

– Eu não posso ser diferente. *Ninguém* é diferente. – Diferente significa ineficiente e distinguível. Diferente é uma sentença de morte. – Ford 45 disse…

– Você falou com Ford? – Os olhos de Wexler se arregalam, enquanto Trigger murmura com o tablet. Mesmo sob a luz fraca de uma lâmpada três metros acima de nós, posso ver a tensão em cada ruga do rosto envelhecido do cientista.

– Não. Nós o ouvimos conversar com um dos comandantes da

Defesa. Ele disse que eu tenho dois defeitos. Quais são eles? Por que não consigo vê-los?

– Antes de mais nada, não são defeitos. São anomalias – Wexler insiste. Abro a boca para argumentar, mas ele fala antes: – E, em segundo lugar, você não consegue vê-los porque eles estão num nível genético. Eles só são visíveis com um microscópio muito potente e, mesmo assim, só são óbvios com vinte e cinco anos de treinamento em genética. Fisicamente, você é praticamente idêntica a todas as outras garotas de sua Divisão.

– Praticamente? Não exatamente? Você colocou falhas no meu genoma de propósito? Ou você apenas se esqueceu de consertar o meu antes de me colocar em produção?

Mas ele já está falando de novo, seguindo seus próprios pensamentos, em vez dos meus.

– Não são falhas, Dahlia. Você não tem falhas. Você é *perfeita*. Eu me esforcei para isso.

O orgulho ecoa muito claramente em sua voz ao mesmo tempo que a indignação brilha em seus olhos. Ele está insultado pela descrição como defeituoso de algo que ele criou. Mas como é que qualquer diferença pode não ser um defeito?

– Você não entende. – O olhar dele procura o meu. – Mas não é porque você *não consegue* entender. É porque eles não te ensinaram essa possibilidade. É uma insuficiência de sua criação, não de sua natureza. – Seu olhar desvia dos meus olhos até que ele esteja me observando inteira. Estudando-me. Sinto-me invadida, embora não seja pessoal. Ele está olhando para mim da mesma forma que olho para os meus melhores tomateiros: com satisfação pelo trabalho feito. – Você é única, Dahlia.

Trigger levanta os olhos do tablet, surpreso, e percebo que ele estava ouvindo a conversa mesmo enquanto mexia no tablet para nos libertar.

Única. Aquela palavra arde dentro de mim como o calor no centro de um pedaço de carvão. Sinto que vou explodir em brasas a qualquer momento.

"Único" vem da raiz da palavra "um". Significa individual. Distinto. Singular. Sem igual. A *única* do tipo. Conheço a definição, mas o conceito parece obscuro e fora de contexto. Não parece se referir a mim nem a qualquer coisa que eu já tenha conhecido.

Ninguém é único. Os geneticistas são poucos, mas eles não são únicos. Trigger tem uma cicatriz, mas, por baixo das marcas que o treinamento lhe deu, ele é o mesmo que seus idênticos, até os elementos mais básicos que constituem a vida.

Até a Administradora...

Bem, a Administradora *é* única, mas só porque o restante de seu genoma foi "retirado de circulação". Porque Lakeview só precisa de uma administradora. Mas mesmo ela não começou como um indivíduo. Para torná-la única, eles tiveram que submeter todas as outras criadas a partir do seu genoma à eutanásia.

Porque eu sou única, eles sacrificaram todas as outras criadas a partir do meu genoma.

Para a Administradora, ser única é uma honra que ela conquistou. Mas para mim é um desastre. Uma sentença de morte. Por que uma agricultora de 16 anos, em meio a milhares de trabalhadores, seria diferente do resto? Como isso aconteceu?

–Você sabia. – Posso ouvir o tom de acusação na minha voz, e Wexler não a nega. –Você sabia que eu era defeituosa, mas me colocou em produção de qualquer forma. Por quê?

– Não é tão simples. Você não é um clone, Dahlia.

– *O quê*? – Trigger levanta os olhos do tablet. Sua testa está franzida. – Todo mundo é um clone.

– Dahlia não. Ela é um protótipo. O molde a partir do qual as outras todas foram formadas. Mas ela não deveria ser.

– Não entendo o que isso significa. – Na verdade, não entendo mais nada. Como alguém pode ser único? E… – Se sou um protótipo, eu não deveria ser como todas as outras? Ou melhor, todas elas não deveriam ser como eu?

– Normalmente, sim. – Wexler passa uma mão pelos cabelos curtos e expira pesadamente. – Eles vão nos matar se nos pegarem, então posso contar a verdade para você. Dahlia, nunca tive a intenção de clonar o seu genoma.

– Isso não faz sentido – diz Trigger ao mesmo tempo que eu pergunto:

– Qual era sua intenção, então?

–Você era um pedido especial de um cliente particular de outra cidade. Um pedido por fora, porque nós não temos permissão para trabalhar em nada que não seja para a glória de Lakeview. Como você bem sabe.

– Cliente? – Eu não conheço essa palavra. – Por fora? – É como se ele estivesse falando outra língua.

– Há dezessete anos, eu fiz um favor para um amigo de outra cidade. Mas tive que fazer o trabalho em segredo.

– Eu fui esse trabalho?

– Sim. E eu estava *muito* orgulhoso do trabalho que fiz em você. – Wexler olha para mim como se eu fosse um tomate de novo, observando cada traço. Estudando todos os meus gestos. – Mas criar você foi uma tarefa tão exigente que eu fiquei sem tempo para fazer o meu trabalho. Assim, não tive escolha a não ser alterar um pouco o seu genoma para atender às necessidades de Lakeview, e então usar a versão alterada para atender ao pedido da Administração de cinco mil trabalhadoras.

Por um longo momento, suas palavras ecoam na minha cabeça, recusando-se a entrar numa ordem que faça sentido. Até que, finalmente, um fato emerge do caos.

–Você me criou para outra cidade?

– Isso é *traição* – Trigger diz com mais raiva do que parece apropriado para um garoto tentando abrir a fechadura de um dos portões da cidade.

Wexler o ignora.

– Não para uma cidade. Para uma pessoa.

– Quem? Por que alguém iria querer um genoma?

– Isso não importa e você não entenderia a resposta – replica Wexler.

Minhas bochechas queimam de raiva, mas continuo a questionar, porque de repente estou muito consciente de quanto tempo estamos aqui e quão perto a Administração pode estar de nos encontrar.

– Você me criou para uma *pessoa*, então alterou o meu genoma e usou-o para produzir uma classe inteira de trabalhadoras para a cidade de Lakeview?

Wexler confirma com a cabeça.

– E essas alterações são as diferenças entre meu genoma e o de todas as outras?

– Sim! – Ele está obviamente satisfeito com o fato de eu estar entendendo. Parece orgulhoso. – E você é tudo o que deveria ser. Se alguém é "defeituosa", são as outras. Suas "idênticas".

Isso não faz sentido. Nenhuma das outras foi pega beijando um garoto com quem não deveria sequer estar conversando. Nenhuma das outras está fugindo para sobreviver. Nenhuma das outras condenou milhares de suas irmãs a uma morte tão definitiva, embora espero que tranquila.

– Por que estou aqui se você me criou para uma pessoa de outra cidade? Por que você não atendeu esse pedido?

– Eu atendi! – Mas o olhar de Wexler se volta para o chão. – Pelo menos, achei que tivesse atendido. – Ele remexe na bainha do jaleco e eu me pergunto por que, já que está em fuga, ele ainda está usando uma roupa que o distingue tanto. – Mas quando eles me mostraram o resultado do seu exame de sangue, reconheci meu trabalho imediatamente. Parece que, dezessete anos atrás, enviei acidentalmente um dos embriões geneticamente alterados, uma de suas clones, para atender ao pedido particular.

– E eu, o protótipo, acabei como uma das cinco mil trabalhadoras que só são idênticas a mim na aparência.

– Sim – Wexler concorda mecanicamente, como se estivesse perdido em pensamentos. – Essa é a única explicação que faz sentido.

De certa forma, porém, *nada* disso faz sentido. Falar em indivíduos únicos e pedidos particulares não significa muito para mim além de uma consciência vaga e inquietante de como tudo isso parece errado. Como é estranho, ilógico e incrivelmente ineficiente.

Por que criar apenas um modelo de algo?

Que uso alguém teria para apenas uma criança? Uma criança que é *única*, como acredita o amigo de Wexler da outra cidade. O que aconteceu com aquela garota que deveria ser eu? Por que ela seria criada sozinha? Será que ela está sendo treinada para ser alguma coisa especial, como uma Administradora?

– Quais foram essas alterações? – pergunto enquanto Trigger preenche um formulário no tablet de Wexler. – O que me torna diferente de todas as outras?

– Não é nada com o que você precise se preocupar. Tem minha palavra.

– Eu não sou doente?

O geneticista parece horrorizado.

– Não, você é perfeita. – Ele olha para o tablet e seus olhos se estreitam quando ele vê o que está na tela, qualquer que seja a "invasão" que Trigger conseguiu fazer. – Aqui. – Ele pega o tablet sob o protesto do cadete e abre uma nova tela. Seus dedos se movem tão rápido que mal consigo acompanhar os movimentos e, alguns segundos depois, ele tira um objeto parecido com uma caneta de um dos bolsos do jaleco. – Dê-me o seu dedo. Vou lhe mostrar as diferenças.

Estendo a mão e a caneta de Wexler pica a ponta do meu dedo do meio e pega sua amostra. Uma bolha vermelha se forma no meu dedo e eu a observo, fascinada com o fato de que algo tão pequeno quanto uma única gota, que dizer então de uma cadeia de DNA, possa revelar tanto sobre uma pessoa.

Wexler tira a tampa do lado oposto de sua caneta e aparece um pedaço de metal idêntico às terminações dos carregadores dos tablets da nossa classe. Ele pluga a caneta ao tablet e uma nova tela se abre. Alguns segundos e toques mais tarde, Wexler levanta o tablet para que eu possa ver. Ele mexe na tela e vai mostrando vários gráficos e imagens – cromossomos, uma hélice de DNA, e várias coisas que não sei identificar – tão rápido que mal consigo me concentrar no primeiro antes que desapareça. Ele fala tão rápido quanto mexe no tablet, e reconheço menos os termos genéticos do que as imagens e fico aliviada ao ver que Trigger parece tão perdido quanto eu.

– Mas o que tudo isso *significa*? – Trigger pergunta quando Wexler passa pela décima imagem em apenas alguns minutos.

O geneticista começa uma nova versão "simplificada" de sua explicação, e Trigger e eu ficamos tão atentos às imagens e palavras que não percebemos o barulho que se aproxima até que ele esteja perto demais de nós.

Trigger ouve primeiro e, quando ergue os olhos do tablet, com o olhar focado na direção da passagem secreta da Administradora, a adrenalina queima as minhas veias. O som é apenas um sussurro de ruído no concreto, mas o reconheço como passos de várias pessoas.

– O que você *fez*? – Trigger pergunta e eu me viro e vejo que ele pegou Wexler pela garganta. O tablet não mostra mais gráficos e ilustrações confusos. Em vez disso, ele reabriu a tela em que Trigger estava e inseriu vários caracteres num formulário que os substituiu por asteriscos, para esconder a senha de nós.

– Como você *pôde*? – sussurro quando me dou conta da realidade. Eu devia ter percebido que ele não precisava de uma nova amostra, uma vez que já havia uma arquivada. – Trigger, ele tirou meu sangue porque sabia que isso faria soar um alerta.

Wexler gorgoleja alguma coisa que parece confirmar minha suposição.

– Faz apenas alguns minutos – Trigger sussurra. – Não foi tempo suficiente para mover os soldados em grande número. Esses aí devem ter vindo da mansão da Administradora.

– Em grande número? – Sinto uma espécie de enjoo. – Quantos eles vão mandar?

– Se souberem que estou com você, muitos. Mas por ora só ouço três pessoas. – Ele solta a garganta de Wexler. – Abra a porta. Agora!

Wexler engole o ar algumas vezes, inclinado sobre o tablet enquanto tenta recuperar o fôlego.

– Trigger é o pior pesadelo deles – diz Wexler. – Eles o ensinaram o suficiente para torná-lo verdadeiramente perigoso.

O mesmo parece valer para o geneticista, mas de um jeito completamente diferente.

– Abra – Trigger diz, irritado. – Agora. – Então ele sai na direção dos passos que se aproximam ao mesmo tempo que três soldados uniformizados aparecem na curva na parede.

Wexler levanta seu tablet e digita freneticamente com uma mão. Trigger lança o pé num arco, chutando as armas de dois soldados de uma vez. Eu só posso assistir, fascinada enquanto os dois lutam por nossa liberdade, cada um à sua maneira, esperando que as minhas habilidades se mostrem mais úteis na floresta.

Trigger se lança ao chão e dá uma rasteira em um dos soldados enquanto tenta agarrar uma das armas do chão. Ele se levanta, com a arma em punho, e dá um golpe com a coronha na cabeça do soldado caído. O soldado desmaia aos pés de seus idênticos.

À minha direita, Wexler solta um grito de comemoração e, ao me virar, vejo que sua senha foi aceita e o sistema pediu para ele confirmar algum comando.

Trigger resmunga de novo e eu me viro justamente quando um dos soldados desarmados dá um soco em seu maxilar. Sua cabeça é lançada para trás e ele tropeça na parede atrás. Trigger quica e volta para acertar um soco na barriga do soldado, então agarra a cabeça do homem e a golpeia contra a parede de pedra, uma, duas, três vezes. O soldado cai e Trigger se levanta para enfrentar seu último oponente.

Uma luz vermelha ofusca meus olhos e um apito eletrônico agudo perfura o meu crânio. Mas por baixo dele há um som grave de algo raspando. Eu me viro para Wexler e vejo a imensa porta de metal se abrindo devagar. Meu coração salta para a boca. Qualquer senha que ele tenha roubado destrancou a porta, mas ativou um alarme.

– Detenha-o! – Trigger grita enquanto o geneticista tenta se espremer pelo espaço que lentamente se alarga entre a porta e a parede. O alerta lhe custa outro soco na cara, mas logo depois ele já está de pé e disparando golpes de novo, equilibrando-se com agilidade na ponta dos pés, como se fosse uma dança em vez de uma luta pelas nossas vidas. – Precisamos dele para fechar a porta depois que sairmos, ou vão nos seguir.

Giro o corpo e puxo Wexler da abertura da porta, contente por ele ser muito largo para passar pela fresta. Em seus olhos, vejo medo e vitória sem ressentimentos, mas nada de culpa. Ele sabia que abrir a porta dispararia um alarme e atrairia soldados do topo da muralha. Ele também sabia que lutar contra Trigger manteria os soldados ocupados tempo suficiente para ele escapar.

Ele nos sacrificou pela sua própria liberdade.

Bem, ele tentou, de qualquer forma.

– Você não pode nos deixar! – grito, puxando-o para mais longe da porta. Ele é maior que eu, mas estou determinada. Preciso dele mais do que para fechar a porta depois que escaparmos. Ainda tenho perguntas que só ele pode responder.

– Dahlia, o seu destino foi traçado antes mesmo de você ter nascido. Sinto muito pela confusão. É triste pensar sobre o que você poderia ter sido.

Agarro seu braço e puxo-o para ainda mais longe da porta. Mas então sinto o tecido escorregar. Ele já conseguiu se livrar da primeira manga do jaleco e está tirando a segunda, mesmo enquanto eu a seguro.

– Não! – grito quando seu braço escorrega. Ele corre para a abertura e tento detê-lo. Minhas unhas se cravam em seu pulso. O sangue sai dos arranhões e pinga no chão. Então Wexler se vai.

Eu me viro para gritar para Trigger, mas ele já está correndo na minha direção. Todos os três soldados estão no chão, inconscientes.

– Vamos! – ele grita.

Mas suas palavras são encobertas por uma trovoada de passos próximos a nós. A luz do dia que entra pela porta de repente é obscurecida e eu me viro e vejo outros cinco soldados bloqueando o portão. Atrás deles, vindos da direção do túnel particular da Administradora, há mais três.

Estamos em número menor e sem armas. Trigger levanta as mãos.

Posso ver a floresta sobre os ombros dos soldados. Árvores altas cobertas de folhas brilhantes com as cores do outono, crescendo direto do chão. Grama, hera e flores brotando da própria terra. O vento sopra e as folhas farfalham com o som de um sussurro, e tudo o que desejo é subir nos galhos e cantar com a folhagem viva.

Alguém agarra minhas mãos e as prende atrás das minhas costas. Lágrimas enchem meus olhos. Trigger está inconsciente, com um galo já crescendo na lateral de sua cabeça, enquanto dois soldados o arrastam para longe, cada um segurando um braço.

Enquanto eles me levam para exames e para a morte certa, meu olhar se volta para as árvores, as flores e a hera.

A floresta está tão perto. Mas nunca me senti tão longe dela.

DEZESSEIS

OS SOLDADOS NOS COLOCAM NO BANCO de trás de um carro de patrulha. Trigger ainda está inconsciente, e um filete de sangue pinga de sua têmpora, acima da orelha. Eu me pergunto se ele ficará com uma nova cicatriz.

Eu me pergunto se ele viverá o suficiente para que ela o faça lembrar de mim.

Um clique ecoa na minha cabeça quando as portas de trás do carro são trancadas. Não há maçaneta do lado de dentro. Eu não conseguiria sair mesmo se pudesse usar as mãos.

– Trigger – sussurro enquanto dois dos soldados entram nos bancos da frente do carro. – Trigger. Acorde, por favor.

– Ele não pode mais ajudá-la – diz Gladius 27, do banco da direita. – Ele não consegue nem ajudar a si mesmo.

– Mansão da Administradora – diz o outro soldado, levantando o pulso sob o sensor embutido no painel. – Entrada dos fundos.

– A mansão? – Gladius pergunta, e as pálpebras de Trigger começam a se mexer.

– Ford 45 disse que ninguém pode vê-la. O restante de sua Divisão já foi recolhido e, se as pessoas descobrirem que ela escapou, a eficiência da Administração será questionada, o que prejudicará a capacidade de liderança da Administradora.

Meu peito está apertado. Mal consigo respirar. Sei que Poppy e as outras se foram, mas ouvir isso reabre uma ferida que sequer começou a se curar.

– Será melhor para a cidade se esta captura for um segredo – continua o outro soldado.

– Omissão estratégica – murmuro, pensando na minha primeira conversa com Trigger. – Qualquer coisa que for necessária para proteger a cidade é admissível.

Ambos os soldados se viram em seus bancos para olhar para mim enquanto o carro segue pela rua em direção à mansão da Administradora. O parceiro de Gladius se chama Pike 27. Eles são da mesma Divisão. Talvez da mesma Unidade.

– O que mais ele lhe contou? – Pike pergunta, lançando um olhar para Trigger, cuja cabeça caiu para a frente.

– Que importa? Eles vão me matar antes de eu ter a chance de contar para alguém.

Só reconheço a verdade amarga da minha afirmação quando a ouço sair da minha boca. Se eu não fosse morrer, será que contaria a alguém o que sei sobre o Departamento de Defesa? Para quem eu contaria?

Poppy se foi. Mesmo que isso não tivesse acontecido, saber o que sei a colocaria em perigo.

A ironia dessa ideia me machuca a alma.

Os soldados dão de ombros e se viram para a frente de novo, efetivamente me ignorando.

Mal percebo os prédios pouco familiares de ambos os lados da rua, porque os olhos de Trigger ainda estão se movendo atrás das pálpebras fechadas. Ele pode acordar a qualquer momento, e esse momento pode não chegar a tempo.

– Trigger – sussurro de novo, e finalmente suas pálpebras se erguem. Seus olhos focam em mim, então se abrem mais. Quase posso ver a última meia hora voltando à sua consciência enquanto as memórias se ordenam.

– Sinto muito, Dahlia – ele fala com moleza. Isso aconteceu com Violet uma vez, quando sua cabeça ficou entre uma bola de futebol e o gol. Em uma hora ela estava bem.

Não sei se Trigger e eu temos uma hora.

– Para onde estamos indo? – ele pergunta.

Aponto com a cabeça para o prédio que se aproxima pelo para-brisa do carro.

– Para a mansão de novo.

– Para a mansão *de novo*? – Gladius 27 se vira para olhar para nós.

Trigger dá risada, e acho que isso significa que ele está se sentindo melhor.

– Nós pegamos uma carona com Ford 45 da Academia de Defesa até aqui.

Ambos os soldados murmuram sílabas duras que não reconheço, e percebo que nenhum deles quer ser o portador dessa informação.

Seguindo a faixa de cruzeiro, o carro vira antes de chegarmos à frente da mansão e circunda o prédio até o mesmo lugar em que nós saímos do carro de Ford, menos de uma hora atrás. Tudo parece um pouco diferente agora que o sol está se pondo. As sombras estão mais longas e escuras. A luz está mais avermelhada.

Imagino como seria mais fácil se esconder pela cidade à noite. Tenho certeza de que não terei a chance de descobrir isso.

O carro para e Trigger deixa que Gladius 27 o puxe para fora do veículo. Saio por conta própria antes que Pike possa me arrastar, mas ele agarra meu braço no momento em que fico de pé.

Os soldados nos levam pela entrada de trás da mansão, passando por um corredor estreito nos fundos em direção a uma cela grande contendo nada além de um banco de concreto preso à parede. Os dois soldados ficam parados atrás da porta aberta, impedindo nossa fuga, e nos alertam que as ordens eram para nos trazerem vivos, mas não necessariamente conscientes.

A ameaça é clara.

Trigger avalia o cômodo com os olhos estreitos e concentrados. Se ele foi ensinado a avaliar seus oponentes à primeira vista, com certeza também foi ensinado a avaliar seu ambiente, e tenho esperança de que ele veja algum ponto vulnerável que não sou capaz de perceber. Mas a linha estreita de seu maxilar e dos lábios apertados dizem o contrário.

Vários minutos depois, ouço passos descendo os degraus de uma escada. Uma jovem mulher aparece do lado de fora da nossa cela, segurando uma bandeja cheia de comida. Vários pedaços de queijo circundados por um anel de bolachas de água e sal, acompanhados de uma faca. Não faço ideia do que são os montinhos marrons lisos respingados com várias coberturas. Mas o cheiro é ótimo.

– O chef preparou demais para a festa – diz a mulher, segurando a bandeja para Gladius e Pike sem lançar um olhar para mim ou para Trigger. O nome bordado no seu peito é Aida 22. Seu nome e seu rosto familiar me dizem que ela é integrante da Divisão da Indústria de Serviços, de uma classe que se formou há alguns anos. – Podem se servir!

Os soldados olham um para o outro com uma hesitação óbvia, então Pike fala pelos dois.

– Não podemos. É contra...

– Não tem problema! – responde Aida. – A Administradora não tolera desperdício. – Ela coloca a bandeja inteira sobre uma pequena mesa encostada na parede, da qual só consigo ver a borda de onde estou, então sai pela esquerda. Um momento mais tarde, seus passos sobem uma escada que não conseguimos ver.

– Será que devemos? – Pike olha para a bandeja.

Gladius dá de ombros.

– A Administradora não tolera desperdício. Acho que nós *temos* que comer. – Ele usa a pequena faca para cortar um pedaço de queijo de um dos blocos e o coloca na boca.

Pike pega um dos montinhos marrons e morde metade dele. O recheio é viscoso, e parece que um fio de caramelo fica pendurado em seu lábio inferior. Ele geme enquanto mastiga.

– Você *precisa* experimentar esses chocolates.

Chocolates? Conheço chocolate como um sabor de bolo ou cobertura e, nas tardes frias de inverno, quando nossa classe conquistava a vitória num dia de campo, como um sabor de leite quente. Mas nunca ouvi a palavra "chocolate" usada assim.

Eu me viro para Trigger, esperando ver minha confusão espelhada em seu rosto, mas ele está olhando para os guardas e para a comida com tanta intensidade que posso praticamente ouvir as engrenagens em sua cabeça, produzindo pensamentos e ideias que não consigo nem imaginar.

– O que é uma festa? – pergunto.

Trigger lança um olhar para mim obviamente surpreso.

– É um evento em que as pessoas comem, bebem e jogam.

– Como um dia de campo?

– Não. Não é nada esportivo. É mais... social.

Franzo a testa, tentando entender.

– Com que propósito?

– Sem propósito nenhum. É uma... celebração. Eu acho. Mas eu também achava que era uma prática arcaica que tinha saído de moda há muito tempo. Como celebrar o aniversário de nascimento de alguém.

A ideia parece excessiva e supérflua. E evidentemente um desperdício. Pessoas comendo e bebendo fora dos horários das refeições prescritos? E jogando jogos sem nenhum motivo, fora de um dia de recreação? Qual é o propósito disso?

Antes que eu possa pressionar Trigger para obter mais informações, ele se levanta e anda até a porta.

Pike está parado na frente dela, ainda mastigando um bocado marrom e viscoso.

– Pare – ele ordena. – E sente-se.

– Preciso usar o banheiro – diz Trigger.

–Você terá que esperar – Gladius insiste, segurando uma bolacha com grãos de gergelim em uma mão.

– Ou vocês me levam ao banheiro ou podem se preparar para limpar a sujeira.

Gladius resmunga e enfia a bolacha na boca. Então pega no braço de Trigger e o guia pelo corredor estreito. Uma porta se fecha suavemente e o soldado fala com rispidez para ele se apressar.

No caminho de volta, enquanto Pike mastiga outro pedaço de chocolate, Trigger tropeça no próprio pé e se choca com a bandeja de comida. Glaudius grita com ele por ser desastrado, então o empurra para dentro da cela. Quando Trigger volta a se sentar ao meu lado no banco, está com um sorriso estranho. Seu braço resvala no meu uma vez, depois de novo, e percebo que ele está fazendo alguma coisa atrás das costas.

Levanto uma sobrancelha para ele numa pergunta silenciosa, e ele se vira para o outro lado, e vejo que está usando a faca de queijo para serrar a braçadeira de plástico que prende seus pulsos. Ele deve tê-la pegado quando se chocou com a bandeja de lanche.

Meus olhos se arregalam. Percebo que minha reação poderia denunciá-lo, por isso controlo minha surpresa e minha esperança extasiada. Não que isso importe. Gladius e Pike ainda estão debruçados sobre a bandeja experimentando um pedacinho extravagante por vez.

Trigger trabalha rápido, mas o ângulo é difícil e a faca de queijo não está muito afiada, então leva vários minutos para cortar o plástico. Assim que termina, olha para os guardas distraídos e, quando tem certeza de que não o estão vendo, ele se vira e corta a minha braçadeira de uma só vez.

– Mantenha suas mãos atrás das costas – ele sussurra. – E prepare-se para correr.

Sinto o nervosismo percorrendo meu estômago como um exército de formigas. Mas estou pronta.

Trigger fica tenso por um momento, com os olhos fechados, e me pergunto se ele está visualizando o que está prestes a fazer. Então, num rompante, ele se levanta do banco numa explosão e atravessa a cela correndo.

Pike levanta os olhos enquanto Trigger entra no corredor, com a faca de queijo na mão, mas, antes que ele possa fazer qualquer coisa além de parecer chocado, Trigger passa a faca na parte de dentro do cotovelo direito do soldado, cortando o tendão mais proeminente. Levo um susto quando o sangue faz um arco até o chão. Pike grita e coloca a mão esquerda sobre o braço direito cortado e ensanguentado.

Trigger agarra a pistola desprotegida do lado direito da cintura do soldado e a aponta para Gladius, que ficou paralisado com a comida na boca.

– Solte sua arma e a chute na minha direção.

– Você sabe que não posso fazer isso – diz Gladius enquanto Pike choraminga e sangra a alguns metros de distância.

– Solte a arma e você viverá. Se recusar, coloco uma bala na sua testa.

Por um longo momento, Gladius olha para Trigger, medindo-o. Será que ele sabe que Trigger 17 é um integrante da Seção das Forças Especiais? Que ele é o melhor de sua classe? Que ele é perfeitamente capaz de cumprir sua ameaça?

Trigger segura a pistola de Pike com mais força. Gladius recua.

– Está bem! – O soldado retira devagar a arma do coldre e se inclina para colocá-la no chão. Ele a chuta, e a arma desliza com um ruído, passando por Trigger e continuando na direção da cela onde ainda estou, perplexa.

– Obrigado. – Trigger abaixa a mira e dispara, mas o som não passa de um *zup*. Gladius uiva de dor e cai no chão. O sangue se derrama de um buraco em sua coxa. – Você vai sobreviver – Trigger promete. Então ele bate a coronha da arma roubada na cabeça do soldado ferido.

Gladius desmaia, ainda sangrando e agora inconsciente. Um segundo depois e também com um golpe na cabeça, Pike perde os sentidos, com o braço esquerdo ensanguentado caído no chão ao seu lado.

Nunca vi um machucado pior do que um tornozelo torcido ou a concussão de Violet no futebol.

– Vamos! – Trigger faz um gesto para eu sair da sala e, depois de um segundo observando em choque os soldados feridos, sigo-o para o corredor. Nós vamos em direção à porta do estacionamento, mas ela se abre antes que cheguemos e mais soldados entram no prédio, evidentemente alertados pelos gritos de Pike.

– Parem! – eles gritam quando nos viramos e corremos na outra direção. Passamos pela cela aberta e pelos guardas inconscientes e corremos para as escadas que levam ao segundo andar.

Alguma coisa passa zunindo perto da minha cabeça e dá um baque na parede. Eu paro, olhando em choque para uma bala incrustada na parede poucos centímetros à esquerda da minha cabeça.

– Não! – um dos soldados grita atrás de nós. – Ford 45 os quer vivos!

– Vá! – Trigger me empurra para o próximo degrau e volto a correr. – Dou um jeito neles e depois te alcanço.

Antes que eu possa argumentar, ele se vira e corre na direção dos três soldados, segurando tanto a faca de queijo quanto a pistola roubada. Assisto por tempo suficiente para ver que eles não estão à altura do treinamento de Trigger, então subo as escadas correndo.

Wexler estava certo. O Departamento de Defesa treinou a arma que agora está se voltando contra eles.

O patamar do segundo andar termina num corredor amplo acarpetado com um tapete grosso. Há várias portas fechadas dos dois lados do corredor. Testo as maçanetas indiscriminadamente, mas nenhuma delas se abre. Sei muito bem que não devo colocar meu pulso sob os scanners embutidos na parede ao lado delas.

No fim do corredor, vejo uma porta sem scanner e sem buraco de fechadura. Corro até ela e giro a maçaneta, então me deparo com o maior closet que já vi na vida. O cômodo tem barras de metal nas quais estão pendurados casacos de todas as cores e materiais imagináveis.

Entro e fecho a porta, então olho com fascínio para as plumas, peles, couro e algum tipo de pele de réptil estranhamente tingida. Estendo a mão para tocar o tecido, que é mais rugoso do que eu imaginava, mas ao mesmo tempo também macio. O casaco é longo o bastante para alcançar meus joelhos, com botões grandes pretos e brilhantes, sem nome bordado do lado esquerdo.

Cada um dos cabides está marcado com uma etiqueta manuscrita, mas não reconheço nenhum dos nomes. Enquanto estendo a mão para pegar a etiqueta mais próxima, intrigada com um nome ao qual não associo nada, ouço um baque suave mais longe no closet, atrás de uma arara de casacos.

– Droga – murmura uma voz masculina.

Não conheço a palavra, mas para mim parece querer dizer "ai".

Eu me ergo, com os pés firmes no tapete grosso, o coração batendo com violência no peito. Não sei se deveria fugir e me arriscar a ser pega pelos soldados ou ficar e correr o risco de ser pega por quem quer que esteja atrás dos casacos.

Antes que eu possa me decidir, um menino mais ou menos da

minha idade sai de trás da arara de casacos. Ele está usando as roupas mais estranhas que já vi.

Seus olhos se arregalam e sua boca se abre. Então ele sorri.

– Oi, Waverly. O que você está fazendo aqui?

DEZESSETE

– EU ACHAVA QUE VOCÊ NÃO VIRIA HOJE À NOITE – diz o rapaz de roupas estranhas.

– Eu... ãhn...

Não tenho ideia do que dizer. Ele não está fugindo, como Trigger e Wexler, nem tentando me prender, como os soldados. O que significa que ele não tem motivo para dizer nada para mim além de falar que meu trabalho honra a todos nós. Não que eu soubesse como responder. Não sei dizer, a partir do jeito como ele está vestido, a qual Departamento pertence.

Ele obviamente me confundiu com uma das minhas idênticas e, no momento em que percebo isso, uma nova dor toma conta do meu peito. Waverly, quem quer que ela fosse, está morta agora. Porque se parecia comigo.

Mas o menino parece não saber disso.

Como ele pode reconhecer meu rosto e não saber que ele não deve mais existir? Foi divulgado um boletim para a cidade inteira sobre o recolhimento. Esse vai ser o único tópico de discussão nos vários Departamentos por meses. Talvez por anos.

Olho para trás, para a porta que dá para o corredor. Esse alívio temporário provavelmente não vai durar muito. A qualquer momento, Trigger vai entrar de rompante no cômodo procurando por mim. Ou, se ele perdeu a briga, os soldados chegarão para me levar.

– Waverly? – chama o garoto. E, muito embora ele pareça preocupado com a garota que pensa que sou, não chegou à conclusão óbvia de uma confusão de identidade, apesar do nome bordado no meu casaco emprestado.

A que Divisão uma garota chamada Waverly pertenceria? Não consigo achar um lugar para o nome, mas isso não é incomum. Não conheço os nomes de todas as cinco mil trabalhadoras profissionais. Mas o que me deixa mais confusa ainda é como Waverly, independentemente da Divisão à qual pertença, poderia conhecer esse garoto estranho vestido de um jeito esquisito. Ela não deveria conhecer *nenhum* garoto além daqueles da nossa Divisão, e nenhum dos garotos mais ou menos da minha idade da Divisão de Trabalho têm olhos azuis, pele clara e sem sardas e nariz reto.

Este garoto olha para mim de um jeito familiar que dispara um alarme na minha cabeça. Nenhum outro rapaz além de Trigger olhou para mim desse jeito. Como se ele sentisse prazer só de olhar, sem se importar com o serviço que eu ofereço à cidade. Mas esse garoto não está olhando para mim. Ele está olhando para a pobre e condenada Waverly.

Será que ela e ele transgrediram as mesmas regras que Trigger e eu?

Meu coração bate mais rápido ao pensar nisso. Talvez eu não seja a *única* anomalia. Talvez essa Waverly e eu tenhamos as mesmas falhas genéticas.

Contudo, isso não se encaixa com o que Wexler 42 me contou sobre a origem do meu genoma. Será que ele estava mentindo? Ele nos traiu para conseguir fugir sozinho. Um homem com tão pouca honra sem dúvida seria capaz de mentir sobre tudo o que nos contou.

Não sei em que pensar nem em quem acreditar. Como responder a esse rapaz desconhecido que parece achar que eu deveria saber quem ele é?

Finalmente, seu olhar se prende no nome bordado no meu ombro esquerdo.

– Violet – ele lê, com as sobrancelhas arqueadas mostrando sua confusão. – Onde você conseguiu esse uniforme?

Não era o que eu esperava que ele perguntasse. Por que ele pensaria que o uniforme não pertence a mim, em vez de pensar que ele confundiu Violet 16 com Waverly 16?

Minha resposta é a mesma, de qualquer forma.

– Eu o roubei.

Sua risada é alta e alegre, como se eu tivesse acabado de contar a piada mais engraçada do mundo. Como se ele não estivesse com medo de ser pego no closet com uma garota com a qual ele não deveria sequer estar falando. Uma garota que deveria estar morta.

– Ah, se o mundo pudesse te ver agora – diz ele. – Como é que você planeja chegar sem ser notada na festa de aniversário de Seren com o uniforme de uma trabalhadora?

Seren? Eu também não conheço esse nome. Mas a menção a um aniversário me faz lembrar uma aula de história há muito esquecida. Eu me lembro de ouvir sobre a prática arcaica de comemorar o aniversário de nascimento de alguém com uma cerimônia na qual se apresenta um bolo com fogo em cima.

O antigo festival é uma celebração de excesso e desperdício, de gastos com uma só pessoa. Ele saiu de moda há muito tempo, quando os avanços tecnológicos permitiram a produção de pessoas *em massa*, com muito mais eficiência.

Então quem pode ser esse Seren, e por que seu aniversário está sendo celebrado?

Por que ele *tem* um aniversário? Ele não foi retirado da incubação no mesmo dia que todos os outros de sua Divisão?

– Waverly? – O garoto franze a testa. Ele parece preocupado com o meu silêncio. Contudo, mal consigo me concentrar nisso, porque ainda estou tentando entender suas roupas. Ele não está usando um uniforme.

Está usando um *terno*. Como aqueles usados pelos integrantes do Departamento de Administração, exceto que, em vez de preto, as calças e o casaco do garoto são de um tom cinza elegante. Sua lapela é brilhante, um detalhe sutil, porém extravagante, que nunca vi antes, e a camisa de botões sob o casaco é de um tom cinza muito mais claro.

Por que ele está usando as cores erradas? Por que não há nenhum nome gravado em seu casaco? Por que ele está falando comigo como se nos conhecêssemos? Como se não houvesse vergonha e nenhum risco por falar tão casualmente com um integrante de outro Departamento?

Mesmo Trigger 17, com seus maneirismos ousados, trata suas infrações com a gravidade que elas merecem. Mas este garoto é arrogante com sua audácia. Nenhum cidadão de Lakeview faria…

Meus olhos se arregalam enquanto assimilo suas roupas estranhas e curiosidade destemida e, de repente, compreendo.

Este garoto não é um cidadão de Lakeview.

Se nossa Administradora envia delegações para outras cidades, será que não é possível que outras cidades enviem delegações para Lakeview? Será que este garoto pode estar em Lakeview numa missão diplomática? Será que esta festa de aniversário faz parte da diplomacia?

A única parte dessa teoria que não se encaixa é Waverly. Como um diplomata de outra cidade conheceria uma trabalhadora de 16 anos de Lakeview?

Ele não conheceria. Então como?

E com um arroubo repentino de intuição, enfim entendo. Este garoto com trajes estranhos, maneirismos esquisitos e um padrão de discurso perigosamente audacioso não me confundiu com outra trabalhadora qualificada. Waverly é a idêntica que Wexler 42 enviou acidentalmente para outra cidade, para atender ao tal "pedido especial".

Waverly não está morta. Ela é a garota que eu deveria ser. A vida dela é a vida que eu deveria levar.

Cambaleio para trás. A compreensão de que acabo de estar face a face com o desvio do meu destino, com o que deveria ter sido, é suficiente para detonar as bases da minha própria existência.

Se não fosse pela confusão, eu conheceria este garoto. Eu poderia usar as roupas estranhas que são evidentemente comuns em sua cidade. Eu talvez não tivesse meu nome bordado em todos os meus casacos e aventais, embora eu não consiga entender isso, porque como alguém poderia me identificar se não fosse o bordado?

Se não fosse a confusão, talvez eu não tivesse uma profissão.

Essa ideia me sacode como um terremoto mental. Nunca pensei em fazer nada diferente de plantar legumes hidropônicos. Nunca *quis* fazer nada diferente de plantar legumes hidropônicos.

Se eu não tivesse sido incubada aqui em Lakeview como integrante da Divisão de Agricultura Hidropônica, eu nunca teria conhecido Poppy ou Trigger 17.

Eu não seria quem sou agora se aquele erro não tivesse sido cometido.

– Qual é o problema? – pergunta o garoto, e percebo que meus olhos se encheram de lágrimas de novo. A única idêntica que restou foi Waverly, quem quer que ela seja, e esse garoto acredita que eu sou ela. É por isso que ele não gritou nem me entregou para os soldados.

– É por causa do uniforme? – Sua confusão clareia enquanto ele decide acreditar em sua própria teoria sobre as minhas lágrimas. Antes que eu possa pensar em como responder, ele se agacha na frente de uma arara de roupas estranhas e exóticas. Perplexa, eu o sigo e percebo que o closet de casacos é muito maior do que eu imaginava. É maior do que o meu quarto no dormitório.

Atrás das araras de casacos, vejo o garoto se ajoelhando na frente de um baú, um dentre dezenas alinhados no perímetro do cômodo.

– Margô sempre traz um vestido extra. Ela nunca consegue se decidir até que veja o que os outros estão vestindo. Não conte para ela que eu disse isso, mas acho que você vai ficar mais bonita do que ela neste aqui.

Ele segura uma peça de roupa diferente de tudo o que já vi. Em vez da saia estreita na altura dos joelhos típica da Administração, o vestido que ele segura para mim tem uma saia longa e rodada, com camadas de babados de cor cerúleo. As mangas são longas e transparentes, com punhos cheios de pedras azuis, e o corpete é coberto de pedaços brilhantes de metal que refletem a luz como milhares de minúsculos sóis.

Jamais vi algo tão bonito assim, ou tão despropositadamente extravagante. Que tipo de recreação exigiria uma roupa como esta? Por que os trabalhadores da Divisão de Alfaiataria teriam motivo para produzir tal peça? Quer dizer, basta um movimento errado para que as mangas transparentes se rasguem de uma vez!

O garoto empurra o vestido para mim de novo, com seus olhos azuis brilhando de satisfação com sua descoberta, e eu gostaria de saber seu nome para poder recusar com educação o que para ele obviamente é um favor.

Eu deveria estar me escondendo. Ninguém que use um arranjo extravagante desses de babados e pedras brilhantes pode se misturar a uma multidão ou caber num lugar apertado.

A menos...

– É isso que todo mundo está usando? Na festa? – A palavra parece estranha na minha boca. A pergunta parece ainda mais estranha. Mas, se todas as garotas deste evento diplomático estiverem usando o mesmo vestido ridículo, talvez os soldados não se deem ao trabalho de olhar para seus rostos. Eles nunca esperarão me encontrar vestindo nada além do uniforme esportivo da Divisão de Trabalho com o qual fui presa.

Ele ri de novo.

– Isso não daria um susto em Margô? Você pode imaginar duas garotas usando o mesmo vestido? – Seus olhos brilham com uma malícia jovial enquanto ele se inclina para perto de mim, como se estivesse prestes a me contar um segredo. – A força da fúria e humilhação dela causaria um colapso planetário. – De repente seu sorriso se alarga. – Essa seria uma pegadinha ainda *melhor*. Se você pudesse subornar a costureira de Margô para fazer um vestido idêntico ao que ela usaria em seguida e aparecesse no evento antes dela! Ela teria um chilique daqueles! Eles falariam disso durante anos!

Em meio à minha confusão, apenas uma coisa fica clara: não vou conseguir passar despercebida usando este vestido. Nem mesmo entre os outros convidados da festa.

Ele estende o vestido de novo para mim.

– Apresse-se e se troque! Você já perdeu metade da festa.

Aceito o vestido porque não tenho escolha. Se eu recusar, ele perceberá que não sou Waverly. E, se ele está me confundindo com minha idêntica, talvez todo mundo na festa também o faça.

Ele vai para trás de uma arara de casacos para me dar privacidade e, enquanto tiro os sapatos, pergunto-me o que aconteceu com Trigger. Será que ele foi capturado? O que farão com ele? Só posso imaginar que a punição por tentar me ajudar a fugir será muito mais severa do que simplesmente perder a trança.

Solto o casaco de Violet, que cai no chão. Vê-lo assim, roubado e depois descartado, me deixa inexplicavelmente triste.

– Minha irmã vai ter um *aneurisma* quando vê-la no vestido dela – diz o garoto do outro lado da arara de casacos entre nós.

Minha mão para enquanto eu tiro a blusa pela cabeça.

– Sua irmã?

Como um garoto pode ter uma irmã? Em Lakeview, esse termo só se aplica aos idênticos genéticos de alguém. A definição arcaica se refere a irmãos genéticos, que podiam ser de diferentes gêneros, mas faz séculos que esse conceito não tem mais relevância.

Evidentemente sua cidade nativa usa o termo como um coloquialismo.

Nunca me ocorreu que outras cidades pudessem ser tão diferentes de Lakeview. Enquanto tiro as calças, percebo que não estou de fato surpresa. Sempre soube que Lakeview era a maior, a mais forte, a mais eficiente e a mais bem administrada cidade do mundo, e agora entendo o porquê. As outras se permitem práticas e eventos frívolos e esbanjadores, que certamente consomem tempo e recursos de seu propósito principal: o funcionamento eficiente da própria cidade, para o bem de todos os cidadãos.

Só depois que estou usando um vestido de uma garota que nunca vi, percebo meu despreparo para a farsa que estou prestes a representar. Não sei de que cidade esse garoto e sua "irmã" são. Não sei nada de sua cultura, além de uma ideia geral sobre suas práticas supérfluas. Não conheço as pessoas que estarão nessa festa. Nem sei o nome do menino e não posso perguntar a ele sem expor a minha ignorância.

– Você está pronta? – ele pergunta.

– Estou usando o vestido – digo, esperando que ele não perceba que eu na verdade não respondi à pergunta.

Ele sai de trás da arara de casacos e, quando me vê, suas sobrancelhas saltam para o meio da testa. Ele parece ter ficado sem palavras.

– Ãhn... esse vestido serve perfeitamente. Margô vai nos matar.

Olho para o vestido, desorientada ao me ver numa roupa tão bufante, brilhante e cheia de babados. Eu me sinto mais do que ridícula, mas ele parece satisfeito com minha aparência.

– Quais são as chances... – Ele se ajoelha de novo na frente do baú aberto. – ... de você e Margô usarem o mesmo tamanho de sapato? – Ele se levanta com os calçados equivalentes ao vestido que estou usando, um par de sapatos coberto de pedras, feito de tiras que parecem ser montadas em estacas de dez centímetros.

– Você tem certeza de que isso são sapatos? – pergunto e ele ri enquanto os estende para mim.

– Não é? Eu não entendo como vocês garotas conseguem andar com isso. – Mas parece que ele espera que eu faça exatamente isso.

Eu me apoio na parede com uma mão enquanto calço o primeiro pé e depois o outro daqueles saltos brilhantes de tiras e, quando me ergo, cambaleante, pergunto-me por que preciso deles. Minha saia os cobre por completo.

Ou eles são de um tamanho menor, ou foram criados para servir também como instrumentos de tortura.

Planejo me livrar deles na primeira oportunidade.

O garoto faz sinal para eu andar e eu o sigo, circundando a arara de casacos em direção à saída. Ele abre a porta e gesticula para eu continuar para o corredor, sorrindo, mas eu esqueci como se anda.

Trigger 17 está ali parado olhando para mim, com seus olhos castanhos arregalados de choque, sua mão ainda esticada para alcançar a maçaneta que o garoto, sem perceber, puxou do seu alcance.

DEZOITO

– TRIGGER! – Há uma mancha de sangue em sua gola e os nós dos seus dedos estão arranhados, mas ele está vivo e ileso, pelo menos aparentemente. Não faço ideia de quantos soldados ele desarmou (ou matou?), mas estou tão aliviada de vê-lo inteiro que por um momento esqueço que, nos poucos minutos em que nos separamos, fui transformada na princesa de uma história de ninar infantil fantástica.

Seu olhar passeia pelo meu vestido emprestado e sua surpresa se desfaz numa expressão intrigada.

– O que você está vestindo? – Ele ainda não viu o garoto que segura a porta aberta, mas posso dizer a partir da tensão em seus braços e no seu maxilar que ele já avaliou a ameaça em potencial e está pronto para eliminá-la.

– É o vestido da minha irmã – diz o garoto, e o olhar duro de Trigger finalmente se volta para ele.

– Quem é você?

As sobrancelhas do garoto se levantam, como se ele se assustasse com a resposta. Mas então ele se recompõe com um sorriso determinado.

– Sou Hennessy Chapman.

Ele tem *dois* nomes? Tento não demonstrar minha surpresa. Qual a utilidade de uma pessoa ter dois nomes? A qual Divisão um garoto chamado Hennessy Chapman pertenceria? E qual é o seu número? Como podemos saber a que classe ele pertence se não sabemos sua idade?

– Você deve ser o novo homem de Waverly – ele continua e a expressão intrigada de Trigger se acentua. – Seu novo segurança, quero dizer. – O rosto do garoto fica um pouco vermelho, como se ele tivesse dado um fora, mas não entendo como. Porém, entendo o suficiente para aproveitar a oportunidade.

– Sim. – Balanço a cabeça com ênfase, olhando para Trigger, implorando em silêncio para que ele entre na história, porque não vejo outra saída no momento. – Ele é meu novo segurança.

A compreensão passa pelo rosto de Trigger, então sua expressão se esvazia totalmente. Ele recua com formalidade e leva as mãos para trás e, embora pareça olhar para o nada, sei que está vendo tudo.

Ele foi treinado para cumprir esse papel.

– Este é Trigger 17 – digo. Não faz sentido mentir sobre seu nome, pois está bordado do lado esquerdo de seu casaco de uniforme.

O garoto joga a cabeça para trás e dá risada.

– Isso é inacreditável, Waverly! – ele diz, e só posso concordar. – Os trajes parecem tão autênticos! Sua costureira deve ter… – Ele balança a cabeça brevemente, como se para retirar teias de aranha. – Espere, você disse que as roubou, certo?

Costureira? Trajes? Seu vocabulário me deixa perplexa como o de Wexler.

– Fico contente que você o tenha trazido, para sua própria segurança – comenta Hennessy. – Mas ele tem de ir para a festa com você? A maioria dos funcionários pessoais está esperando lá fora…

– Minhas ordens são para ficar junto com ela – Trigger insiste, e olho para ele, aliviada.

– Sim, eu preciso dele – digo e de repente fico vermelha, embora não tenha certeza do motivo. Certamente deveria haver uma forma melhor de dizer isso.

– É claro – o garoto concorda meneando a cabeça de um jeito quase formal, então pega meu braço e o entrelaça ao seu num movimento esquisito.

Quando saímos do closet, percebo pela primeira vez, agora que não estou fugindo para me salvar, como o carpete é grosso e macio no corredor. As paredes são cobertas por um tipo de tecido sedoso, que tem um desenho elaborado bordado numa cor mais sutil, um tom mais claro do que a do material.

Deixo Hennessy me escoltar pelo corredor estranho, desejando desesperadamente uma oportunidade para explicar a Trigger o que ele perdeu. E para pedir desculpas pelo papel em que o meti. Mas ele nos segue alguns passos atrás, da mesma forma que o segurança particular da Administradora, e me pergunto o que Waverly fez para merecer sua própria guarda. Ela tem apenas 16 anos. O que ela pode ter realizado numa vida tão curta? Talvez ela esteja *mesmo* sendo treinada para algo especial...

Não entendo nada sobre a cidade da qual Waverly e Hennessy Chapman vêm, ou sobre a festa na qual estou prestes a entrar, ou sobre a garota que eu deveria ser.

Eles vão perceber que sou uma fraude.

Devo ter ficado tensa, ou feito alguma coisa que denunciou meu medo, porque Hennessy Chapman dá tapinhas na minha mão, prendendo-a entre seu braço e seus dedos, e a intenção do gesto é claramente me confortar. Porém, na minha vida inteira, Trigger 17 foi o único garoto que toquei, e eu ficaria contente se isso tivesse continuado assim. Eu gostaria que meu braço estivesse preso ao dele agora. Eu gostaria que ele estivesse mais perto, ao meu lado, e não atrás de mim.

– Não acredito que você conseguiu – Hennessy Chapman diz enquanto luto para me equilibrar, andando naquelas estacas sobre o carpete grosso. – Eu achava que eles a tinham mantido presa.

Presa? Será que minha idêntica teve tantos problemas na cidade dela quanto eu na minha?

Tentar juntar informações sobre a garota que estou fingindo ser a partir dos fragmentos que saem da boca de seu amigo é ao mesmo tempo frustrante e aterrorizante. Uma palavra errada pode revelar minha verdadeira identidade. Mas um silêncio, quando ela falaria, também pode causar esse mesmo efeito.

Fico paralisada de indecisão.

– Mas eu gostaria que você tivesse me contado que viria – ele continua. – Eu teria deixado que um dos meus homens a escoltassem. Ou poderia ter trazido o seu baú comigo, para que você pudesse usar suas próprias roupas.

– Agora já foi – respondo, dando de ombros, e para o meu alívio ele parece aceitar essa resposta.

Hennessy Chapman para na frente de uma pesada porta dupla, com cada folha talhada num desenho curvo e intrincado dividido em quatro quadrantes.

– Mal posso esperar para ver o rosto deles – comenta ele ao abrir a porta.

Música, aromas e vozes vêm na minha direção e tropeço para trás, chocada. Um dos sapatos de salto estúpidos de Waverly bambeia e só me mantenho em pé porque estou segurando o braço de Hennessy.

–Você está bem? – ele sussurra.

Faço que sim enquanto fito a sala imensa, mas não entendo o que estou vendo. É muita coisa para assimilar de uma só vez. Há muitas mesas cheias de comida que nunca vi antes. Tantos móveis elaborados. Tanta luz cintilando em vários corpos vestidos com brilho. Estou aturdida com as imagens, os sons e os aromas.

Dezenas de garotas e garotos mais ou menos da minha idade estão sentados em móveis almofadados, com entalhes elaborados, conversando em grupos de três ou quatro. Outras dezenas balançam e se mexem no tempo da música que sai de duas caixas imensas em um canto.

Os garotos estão vestidos com ternos parecidos com os da Administração, mas, assim como Hennessy Chapman, eles usam diferentes tons apagados de azul, cinza ou marrom. Todas as garotas usam vestidos extravagantes de todas as cores e estilos concebíveis. E Hennessy Chapman estava certo, não há dois iguais. Enquanto dançam em pares com os garotos, elas parecem flores exóticas flutuando pela sala numa brisa que ninguém pode ver.

Hennessy Chapman sorri para mim. Então ele se vira para o salão.

– Senhoras e senhores, vejam quem eu encontrei!

As conversas cessam. O chacoalhar ritmado para. Todo mundo olha para nós.

Um arrepio percorre minha pele e me sinto terrivelmente exposta, paralisada pela atenção. Durante toda minha vida, quanto menos olhos se voltassem para mim, mais segura eu me sentia. Mas, de repente, ninguém parece estar olhando para outra pessoa ou outra coisa.

Isso é o contrário de se esconder.

Meu peito se fecha, prendendo o ar dentro dele, e minha garganta dói com o esforço de inspirar ar fresco.

Vou morrer. Este é o começo do fim. Mas, nos extremos desse pensamento, enquanto meu olhar recai sobre maravilha após maravilha, percebo que, apesar de estar prestes a ser capturada, estou feliz de ter visto uma coisa tão extraordinária antes de morrer.

Sim, essa festa é exorbitantemente extravagante, imperdoavelmente dispendiosa e assustadoramente… denunciadora. Mas também é a coisa mais *bonita* que eu já vi. Todas as cores são vivas. Todas as texturas são macias, ou brilhantes, ou cintilantes. E a comida…

Minha boca se enche de água de forma tão insistente que eu tenho que engolir para não babar. Nunca senti tantos aromas atraentes, e o curioso é que reconheço a maioria deles!

Durante anos, plantei alimentos que nunca vi serem servidos. Sempre imaginei que as frutas, legumes, ervas e temperos que nunca chegavam à minha bandeja de comida eram servidos aos moradores adultos de Lakeview. Que depois da formatura eu finalmente poderia experimentar a seleção completa dos alimentos que eu vinha plantando a vida inteira.

Agora, isso nunca vai acontecer.

Mas ao menos tive o vislumbre de fatias finas de carnes que não consigo identificar, marinadas em combinações atraentes de temperos que plantei durante anos. De legumes misturados e servidos sobre delicadas bolachas feitas de trigos e grãos que sempre achei que davam mais trabalho para produzir do que valiam a pena, porque só eram usados nos pães rústicos servidos no refeitório.

Se eu entrar nesse salão enorme e enfrentar essa multidão que me olha embasbacada, posso até experimentar essas iguarias antes que os soldados me cerquem e me arrastem para fora.

Finalmente, depois dos segundos mais longos da minha vida, uma garota se levanta de um banco baixo estofado e estende os braços para mim.

– Waverly! – Seu cabelo é loiro e longo demais para ser prático, e seu sorriso branco e brilhante parece me dar as boas-vindas. Seu vestido lilás farfalha em volta dos seus pés quando ela atravessa o salão na minha direção. – Estou tão feliz que você pôde vir!

Quando ela se aproxima, percebo algo estranho em seu rosto. Embora ela parecesse bonita a distância, e de um jeito esquisito ainda pareça de perto, é fácil ver que seu rosto foi... *pintado.* Seus lábios e seus olhos quase parecem desenhados.

Por mais estranho que esse costume pareça a princípio, levando em conta os vestidos elaborados e os sapatos ridículos, talvez a pintura facial não deva ser uma grande surpresa.

Hennessy Chapman me solta quando a garota pintada me puxa para dar um abraço. Seu hálito quente roça na minha orelha esquerda.

– Que *diabos* você está fazendo com o meu vestido, sua ladra de meia-tigela?

Margô. Só pode ser. Não entendo metade do que ela diz, mas posso ouvir a fúria em sua voz.

Antes que eu tenha chance de lhe contar que seu irmão insistiu que eu usasse o vestido, ela me segura a distância de um braço, sorrindo para mim como se nunca tivesse ficado tão feliz em ver alguém na vida.

A mudança repentina faz minha cabeça girar.

– Hennessy, que diabos? – ela pergunta baixinho enquanto se vira para pegar o braço dele. E agora me sinto ainda mais tonta. Ela só está usando o primeiro nome dele.

– Não fique brava – ele insiste. – Waverly teve que entrar disfarçada na cidade e ela não podia exatamente trazer um baú, podia?

– Então você deu meu vestido para ela? – Margô fala baixinho enquanto outras pessoas se levantam e vêm na nossa direção.

– Hennessy não queria prejudicar ninguém – asseguro numa voz suave, já que estamos ambas sussurrando. – Ele achou que faria um favor para você, já que o vestido fica muito melhor em mim.

A risada de Hennessy ecoa por todo o salão, e a inalação brusca de Margô e seus olhos arregalados de choque são minha única pista de que acabei de dizer algo errado.

Suas sobrancelhas baixam e seus olhos castanhos se escurecem de raiva.

– Sua tonta arrogante! – ela sussurra num tom que ninguém mais pode ouvir.

Não faço ideia do que ela acabou de me chamar, mas obviamente piorei as coisas.

– É só um empréstimo – asseguro a ela, também falando baixinho, mas seus olhos castanhos se estreitam quando ela se vira para mim. – Tenho a intenção de devolver o vestido.

– Como se eu ainda pudesse usá-lo depois que todo mundo viu você com ele!

Não entendo o que ela quer dizer, mas não há tempo para pedir um esclarecimento de algo que Waverly provavelmente entenderia, porque de repente estamos cercados de outras pessoas. Garotos e garotas chamam o nome da minha clone e elogiam meu vestido e, enquanto tento fingir que conheço todos eles sem usar nomes, percebo a parte mais extraordinária desta estranha terra de maravilhas.

Não são só os vestidos que são únicos: as pessoas também. Vejo uma estonteante variedade de alturas e um fascinante espectro de tons de pele, e não há dois rostos iguais. Não há nomes ou números bordados em suas roupas.

Essas pessoas são, todas elas, indivíduos. O que deve significar que, em sua cidade, Waverly não se destaca por ser única.

Mal consigo conceber o conceito. Pessoas criadas uma por vez. Não há duas iguais. O processo deve ser incrivelmente trabalhoso. A cidade deles deve ter centenas de geneticistas. Ou *milhares!* Mas por que uma cidade persistiria com um processo tão ineficiente?

Olho em volta do salão de novo e noto que, embora as garotas tenham cada uma um conjunto de características diferentes, todas parecem estar pintadas como Margô. Seus cílios são pretos e grossos e uma coisa brilhante foi passada nas pregas de suas pálpebras, o que faz seus olhos parecerem muito destacados e brilhantes.

A pele delas é lisa e impecável e seus lábios parecem um pouco cheios e simétricos demais. Como se esses indivíduos, todos determinados a usar roupas únicas, desejassem secretamente se parecer uns com os outros.

– Waverly! – Um garoto de terno verde-escuro passa a mão no meu ombro. – Você entrou mesmo despercebida em Lakeview disfarçada de uma trabalhadora comum? Isso é *tão* irado!

Uma trabalhadora comum? Existe alguma variedade incomum?

– Como se alguém fosse acreditar que você era um clone – diz uma das garotas ao menino perto dela, com os olhos brilhando como se ela tivesse acabado de ouvir a melhor piada. – Você pode imaginar centenas de Waverly andando por aí com calos nas mãos e terra nas unhas?

Tente milhares.

Mas esse pensamento umedece meus olhos. Não posso me permitir chorar aqui. Seguro a minha tristeza e tento não odiar todas essas pessoas que acham que as irmãs que acabei de perder não passam de uma piada.

É por isso que eles estão caindo na minha encenação. Não é que eu seja boa em fingir ser a amiga deles. É que eles não têm escolha a não ser acreditar no que os olhos veem a menos que eu cometa um erro *gigantesco*, porque eles não sabem que existe outra possibilidade.

Eles acham que Waverly, como todos eles, é uma pessoa única.

Eu me perco nas saudações, conversas sem sentido e piadas ininteligíveis. Metade do vocabulário deles é indecifrável, o que não faz diferença, porque nada do que ouço parece fazer algum sentido de qualquer forma.

Enfim, quando o barulho e a confusão ameaçam me sobrecarregar por completo, uma mão desliza ao encontro da minha e exalo de alívio. Então olho para o lado e fico totalmente desapontada quando percebo que a mão pertence a Hennessy.

Trigger se recolheu a um dos cantos da sala, onde estão alguns outros seguranças pessoais. Todos eles são bem mais velhos que nós e não reconheço seus rostos. Contudo, percebo que dois deles são idênticos.

Então os convidados da festa são únicos, mas os seguranças particulares não?

Não entendo esse novo e estranho mundo no qual vim parar. Mas, de repente, me sinto grata pela mão de Hennessy e sua aparente vontade de deixar que eu a segure.

Por fim, a multidão ao nosso redor começa a se dispersar. Os casais voltam para o centro do salão para "dançar" ao som da música. Mas um garoto está atravessando a sala na minha direção e na de Hennessy, carregando dois copos altos e delicados. Seu terno é da cor do céu noturno, o azul mais escuro que consigo imaginar, com uma lapela preta brilhante e sapatos combinando.

– Waverly! – Ele se inclina para a frente para me beijar na bochecha, e inspiro rápido, surpresa. – Fiquei sabendo que você fez de tudo para entrar escondida no enigmático complexo de Lakeview, só para vir me desejar um feliz aniversário!

Complexo?

Dou um sorriso.

– Feliz aniversário, Seren. – Estou tão contente e aliviada de ter acertado seu nome que nem mesmo hesito em falar com ele, apesar de uma vida de treinamento para fazer o contrário.

Sorrindo, ele segura um dos copos altos vazios no fluxo de líquido dourado claro que flui da fonte no centro da mesa cheia de comida mais próxima. O líquido forma bolhinhas no copo. Ele o entrega para mim e, embora eu saiba que ele quer que eu beba, não consigo fazer nada além de olhar para seu pulso direito, estendido para fora do punho da camisa.

Ele não tem código de barras.

Como ele pode funcionar sem um código de barras? Como ele pode comparecer a um compromisso ou devolver equipamento esportivo sem um código? Como ele consegue receber uma bandeja no almoço ou pegar suas roupas limpas? Como ele consegue acessar seu tablet? Como ele vai dar partida num CitiCar um dia?

Certamente na sua cidade natal nem toda refeição é servida em pratos de cristal, em mesas com pilhas altas de comida. Certamente nem todas as bebidas se derramam de uma fonte.

Olho de novo em torno da sala enquanto levo devagar o copo à boca. Os pulsos dos garotos estão cobertos pelos punhos das camisas e mangas dos paletós, mas a maioria das garotas tem os pulsos expostos por vestidos sem mangas. Nenhuma delas tem código de barras.

Quem *são* essas pessoas?

– Waverly? – Hennessy percebe minha hesitação com o copo a poucos centímetros dos lábios. – Você está bem?

– Estou bem, obrigada – digo, mas minha cortesia parece confundi-lo ainda mais. Então dou um gole, e as bolhinhas estouram no meu nariz e na minha boca.

Dou risada com aquela sensação engraçada. Dou um gole maior.

– Sua favorita, certo? – Seren diz enquanto enche seu próprio copo.

Só posso concordar. Não faço ideia de qual seja a bebida favorita de Waverly ou do que estou bebendo. É doce, mas tem uma nota um pouco amarga. Não é desagradável, mas leva um tempo para se acostumar. A melhor parte são as bolhas.

Quando ergo o copo para tomar outro gole, o punho da minha manga desliza pelo braço, revelando uma pequena parte do meu código de barras. Com medo de ter me exposto, rapidamente transfiro o copo para a outra mão e sacudo o braço para que a manga do vestido cubra meu pulso direito. Para garantir, mantenho o braço pressionado contra o corpo.

À medida que olho para a sala, observando rosto após rosto, atordoada com a variedade de feições e a falta de uniformidade de cor, roupa ou marca, me dou conta da realidade desse estranho mundo.

Essas pessoas não pertencem a nenhum Departamento. Elas não são agricultoras, ou soldados, ou costureiras, ou cozinheiros. Na verdade, elas parecem não servir a nenhum propósito.

Será que eu, assim como os amigos de Waverly, também fui criada para não servir a nenhum propósito? Por nenhum outro motivo a não ser comer comidas extravagantes e dizer coisas agradáveis em voz alta e sussurrar com raiva nos ouvidos dos outros?

Por que me deram vida, antes de mais nada?

DEZENOVE

– O QUE É ISTO? – pergunto, mostrando meu copo a Hennessy quando voltamos a ficar sozinhos na multidão.

– A champanhe? Eu não sei qual safra Seren está servindo, mas, conhecendo a Administradora, deve ser cara.

Não faço ideia do que seja champanhe, mas fico ainda mais confusa com o que a Administradora teria a ver com uma festa feita para um garoto, um *indivíduo,* de outra cidade. Primeiro, eu tinha achado que ela estava simplesmente realizando um evento diplomático, mas os convidados são todos da minha idade e não parecem representar ninguém além deles mesmos.

Enquanto Hennessy enche seu copo, Margô volta com outra garota e cada uma pega um braço meu. Eu me sinto tão presa quanto na minha cela no Departamento de Administração, e bem menos segura.

– Waverly não está bonita esta noite, Sofia? – diz Margô, e me sinto aliviada. Evidentemente ela não está mais brava por causa do vestido.

Então olho com atenção para os longos cabelos pretos e para a pele azeitonada de sua amiga. Ela parece diferente, com o rosto pintado, mas eu a reconheço de algum lugar.

Sofia é a garota que vi discutindo com dois soldados numa calçada da ala de treinamento algumas semanas atrás. A garota ousada que usava roupas estranhas e se recusava a entrar no carro de patrulha.

Ela não lançou um olhar para mim ou minhas idênticas naquele dia. Com certeza, se ela tivesse notado nossos rostos, o segredo de Waverly já teria sido revelado.

E minha encenação não estaria funcionando.

– Ela está bonita, sim – diz Sofia, apertando meu braço, enquanto tento juntar os fatos que não parecem se encaixar. Como ela pode se parecer tanto com Seren e ainda assim ser uma garota? Deduzo, a partir de sua semelhança com ele, que ela é sua "irmã". Eles devem compartilhar *alguma* estranha relação genética, mas não consigo entender como.

– Onde que você mandou fazer o seu? – ela pergunta. Mas seus olhos bem abertos e seus lábios apertados fazem-me pensar que na verdade ela não está interessada na resposta.

– Adorei o que você fez com seu cabelo hoje à noite, Waverly – diz Margô. – É tão despojado. Deve ser libertador.

– Eu... – Sua afirmação soa como um elogio, mas a sensação é de comer uma fruta que apodreceu por dentro. Talvez ela ainda esteja brava, afinal.

– É que ela não podia sair para fazer um penteado – comenta Sophia. – Ninguém teria acreditado que ela era uma trabalhadora quando ela entrou escondida pela entrada de *serviço.*

– É claro. E acho que isso explica essa coisa *au naturel* que você tem no rosto. – Margô faz um gesto que vagamente circunda minha cabeça, e sinto minhas bochechas em chamas. Não entendo tudo o que ela está dizendo, mas ela está sem dúvida zombando de mim.

– Não se preocupe com essas hienas. – Hennessy tira a mão de sua irmã do meu braço. – Elas só estão com inveja porque levam horas na cadeira de um salão para ficarem tão bonitas quanto você quando levanta da cama de manhã.

Cadeira de salão?

– Você está exagerando hoje, irmão – diz Margô. Mas ela parece um pouco arrependida. Acho que ela não pretendia que ele a ouvisse.

– Waverly pode se cuidar sozinha – acrescenta Sophia. – E, a propósito, nós não estamos dizendo nada que ela não tenha dito para nós milhares de vezes.

– Obrigada – sussurro para Hennessy enquanto as duas garotas vão para a pista de dança, onde dois meninos estão esperando por elas.

– Você está bem? – ele pergunta, alto o suficiente para sua voz ser ouvida acima da música. – Parece um pouco estressada esta noite.

Meu olhar vagueia na direção de Trigger e eu o encontro me encarando. Seu maxilar tenso é o único sinal de que ele não está perfeitamente feliz desempenhando seu papel, enquanto esse garoto estranho segura meu braço e sussurra no meu ouvido.

Está claro que Trigger está tão pronto para abandonar esse fingimento quanto eu, agora que a novidade já passou. Mas eu não sei *para onde* ir. Esta festa particular na mansão da Administradora parece ser o único lugar em Lakeview onde os soldados não vão procurar por nós.

– Tem a ver com seus pais? – Hennessy pergunta, ainda me observando, preocupado.

– Pais? – Quero rir da primeira piada que consegui identificar claramente durante toda a noite, mas ele é mais rápido do que eu.

– Você sabe, o cretino mão de vaca e a rainha de gelo que criaram você, mas a obrigaram a fugir para vir à festa do ano? Ou eles estão mortos para você como resultado de tamanha e brutal injustiça?

Pais. É uma forma arcaica de descrever um conjunto de cuidadores, normalmente um pai que foi o progenitor de filhos e uma mãe que os incubou fisicamente, então os deu à luz através de um procedimento sangrento, sujo e perigoso.

Séculos atrás.

Quando o mundo era diferente.

Mas Hennessy não está mais rindo. Ele está usando o termo como se tivesse alguma relevância atualmente. Como se eu não tivesse vindo de uma incubadora num laboratório, mas *de dentro* de uma *mulher*. Como se eu não pertencesse a um Departamento, ou a uma Divisão, ou mesmo a uma cidade, mas a um par de indivíduos que me conceberam com *fluidos corporais*. Só que isso não é possível. Esse tipo de transferência genética suja não é mais praticado.

Ou é?

Minha cabeça gira enquanto olho pela sala.

É assim que eles conseguem tantos indivíduos? As pessoas na cidade de Waverly não são criadas por geneticistas nem crescem em incubadoras? Elas não são cuidadas por suas babás e depois por inspetores de andar do dormitório? A cidade de Waverly é povoada *inteiramente* por indivíduos?

Como eles podem ter técnicas de preparação de alimentos tão avançadas, design de roupas e pinturas que valorizam o rosto, se ao mesmo tempo dominaram tão pouco da tecnologia básica que mantém uma cidade funcionando em capacidade e eficiência máximas?

Como eles podem povoar suas divisões se cada cidadão requer considerações e arranjos diferentes? Se eles não são todos criados para atender especificamente às necessidades da cidade à qual servem?

Será que eles servem a cidade?

Da disciplina básica de geografia, sei aproximadamente onde ficam todas as cidades vizinhas. Mountainside, Riverbend, Oceanbay, Valleybrook. Mas não sei qual delas é a metrópole anômala onde as pessoas são concebidas em vez de serem criadas, e nascem em vez de serem retiradas da incubação. Também não entendo por que a Administradora faria uma festa para adolescentes de uma cidade como essa.

– Waverly?

– Estou bem – asseguro a Hennessy, esperando livrá-lo da preocupação estampada em seu rosto, que certamente pode evoluir e se transformar em desconfiança se eu continuar dizendo e fazendo as coisas erradas.

Ouço um bipe à minha esquerda e arrasto meu olhar de Trigger para Hennessy e vejo que ele tirou um pequeno tablet de seu bolso. Um tablet *muito* pequeno, não maior do que sua mão. Ele aperta um ícone e depois lê algumas sentenças de uma mensagem que alguém o enviou.

– Meu motorista está dizendo que nosso carro está na fila com todos os outros e o baú de Margô está sendo carregado. Vamos sair em uns dez minutos.

O pânico queima como fogo nas minhas veias. Quando todos os convidados tiverem ido embora, não haverá mais motivo para Waverly ficar. Meu disfarce acabará junto com a festa.

Ele interpreta meu pânico de outra forma.

– É porque você não pode mandar seu carro vir buscá-la, já que saiu escondida? Deixe que levo você e seu segurança para casa.

Casa. Um medo novo se acende em mim. Não posso ir para a casa de Waverly, onde ficará *imediatamente* óbvio que há duas de nós.

Tampouco posso ficar aqui. Mas se o carro de Hennessy me levar para fora de Lakeview...

– Sim. Obrigada.

Ele se levanta e me oferece sua mão.

– Dance comigo uma vez, antes de irmos embora? Sei que não podemos tirar fotos, já que você não deveria estar aqui, mas...

Vi milhares de fotos de plantas em todos os estágios possíveis de crescimento nas aulas, mas não sei como alguém "tiraria" uma foto, ou o que isso tem a ver com dançar.

O que *sei* é que eu não sei dançar. Mal consigo andar usando estes sapatos. Mas pego a mão dele e me levanto, porque não consigo imaginar que Hennessy pediria para dançar com Waverly se achasse que ela não fosse aceitar.

Se eu não estivesse com medo de que isso fosse chamar mais atenção ainda para mim, eu apenas tropeçaria e fingiria ter torcido o tornozelo.

Ou o torceria de verdade. Embora isso fosse acrescentar mais uma camada de dificuldade a tudo quando Trigger e eu fugíssemos para a floresta depois da festa.

Olho de volta para ele enquanto Hennessy me guia para a pista de dança, e meu "segurança particular" ainda está me observando com o maxilar tenso. Seu olhar se volta para Hennessy, espelhando o que senti quando a garota do vestido verde-água olhou para Trigger com uma expressão de desejo.

Ele não quer que eu dance com Hennessy. *Eu* não quero dançar com Hennessy. Respiro fundo, pronta para deixar escorregar o salto insanamente alto do meu pé esquerdo quando, de repente, as pesadas portas duplas no fim do salão se abrem de uma vez.

Soldados entram aos borbotões, vindos do corredor, e a música é interrompida com um ruído. Os casais param na pista de dança e grupos se levantam, assustados, das pequenas áreas mobiliadas. Um silêncio chocado se estende pelo imenso salão. Todos olham para os soldados, esperando uma justificativa para a interrupção.

Ford 45 abre caminho em meio aos muitos soldados e olha para o mar de rostos, sem parar em nenhum deles.

– Por favor, permaneçam calmos! – ele ordena. – Estamos aqui para realizar uma busca.

VINTE

O PÂNICO FAZ COM que eu aperte mais a mão de Hennessy. Trigger se desencosta da parede, com as mãos abertas ao lado do corpo, pronto para agir, mas faço um gesto sutil com a mão para que ele recue. Ford 45 não nos notou. A última coisa que queremos é chamar sua atenção.

Os soldados se espalham numa formação aberta e seu comandante marcha entre as fileiras para se colocar ao lado de Ford.

– Peço desculpas pela interrupção – ele começa, dirigindo-se à multidão –, mas...

– É bom que você tenha muito mais do que uma desculpa a oferecer! – Seren atravessa o salão como se fosse dono do lugar, com Sofia em seu encalço, e para a poucos metros de Ford e do comandante. – Esta é minha festa de aniversário. Vocês não têm nada o que fazer aqui. Minha mãe é a Administradora, e ela vai...

– Foi sua mãe quem nos enviou, senhor – responde o comandante e, por um segundo, a sala parece girar ao meu redor. – Estamos aqui procurando intrusos.

A Administradora é mãe?

De todas as informações surpreendentes que tentei juntar na última hora, esta é a mais difícil de acreditar. A Administradora não é de outra cidade, onde eles não entendem a eficiência e a superioridade da produção em massa de cidadãos especialmente criados e adequados para um propósito específico. Ela é de Lakeview. Ela é uma de nós.

Ela só é um indivíduo agora porque seu genoma foi retirado de circulação quando ela ascendeu pela hierarquia da Administração até o cargo mais alto.

Como uma mulher como ela pode ter dado à luz? *Por que* ela deu à luz quando o centro de treinamento está cheio de crianças de todas as idades, aprendendo todas as habilidades concebíveis para servirem a cidade?

Com *quem* ela pode ter concebido uma criança?

De repente a mansão da Administradora faz certo sentido, ainda que chocante. Ela *é* uma casa de família e o segredo mais bem protegido de Lakeview. Seren e Sofia devem ficar confinados à mansão, para manter sua existência secreta. E foi por isso que a segurança estava se esforçando tanto para retirar Sofia da ala de treinamento aquele dia.

– Estamos em perigo? – pergunta Sofia, atraindo minha atenção de volta à discussão entre os supostos filhos da Administradora e os soldados.

– Não – insiste o comandante, e me pergunto se ele está mentindo ou se ele não sabe mesmo quantos homens Trigger já desarmou. – Mas temos ordens para checar cada metro quadrado da mansão.

– Bem, então podem ir em frente. Mas sejam rápidos.

Os soldados se espalham e começam a olhar embaixo das mesas e dos móveis. Eu me escondo atrás de Hennessy da forma mais sutil possível, tentando manter meu rosto fora da linha de visão direta deles, mas vários soldados passam por mim sem dar sequer um olhar.

Eles não esperam encontrar a última integrante restante da Divisão de Trabalho do ano 16 usando um vestido longo e brilhante e sapatos perigosos.

Contudo, Trigger ainda está usando seu uniforme de cadete com seu nome bordado na frente. Os soldados não vão se deixar enganar por seu "disfarce" se o virem.

– Eles estão procurando você? – Margô sussurra enquanto dá um passo à minha esquerda, chegando perto demais para o meu gosto.

– É claro que não estão procurando por ela! – responde Hennessy. Então ele se vira para mim e a dúvida em seus olhos é tão clara quanto a dúvida na sua voz. – Certo? Seus pais não enviariam soldados atrás de você por isso, ou enviariam?

Dou de ombros, com medo de expor minha ignorância.

– Eles já passaram por mim várias vezes – falo. Contudo, preciso tirar Trigger daqui. Imediatamente. – Mas talvez eu deva ir embora. Quer dizer, eu não deveria estar aqui e... – Dou de ombros de novo, deixando que eles tirem suas próprias conclusões.

– E, se você chegar em casa arrastada pelos soldados de novo, vai ficar de castigo pelo resto da vida – completa Hennessy.

Confirmo com a cabeça, me perguntando por que Waverly foi arrastada para casa pelos soldados da última vez.

– Você tem certeza de que seu novo segurança não vai te entregar? – Margô pergunta, e percebo um pouco de esperança em sua voz.

– Ele é muito leal.

– Bom, vamos lá então. – Hennessy pega minha mão. – Vamos sair daqui.

– Não estou pronta para ir! – Margô choraminga enquanto seguimos na direção de Trigger, que ainda está nos observando desconfiado, encostado na parede.

– A festa praticamente terminou, de qualquer forma – seu irmão diz, olhando para trás.

– O que está acontecendo? – Trigger pergunta com a voz baixa, mas clara, quando estamos perto o bastante para ouvi-lo.

– A festa terminou – eu digo a ele, e seu olhar desce para minha mão, que está presa à de Hennessy. – Eles vão nos dar uma carona para casa.

– Para casa? – Trigger me olha com mais atenção e posso ver o alerta silencioso em seu rosto. Mas essa é nossa única chance de escapar e, com trinta soldados fazendo uma busca no salão de festas, qualquer lugar no mundo é preferível ao que estamos agora.

No caminho para a saída, Margô e Sofia se despedem com um abraço e Hennessy e Seren batem nas costas um do outro, o que parece ser o equivalente masculino de um abraço.

Fico para trás com Trigger.

– Para onde estamos indo? – ele sussurra.

– *Eles* estão indo para a cidade em que Waverly mora, seja lá qual for. Mas nós podemos descer do carro na floresta, certo? Não temos que ir até o fim.

Ele balança a cabeça sutilmente.

– Nós não vamos conseguir sobreviver na floresta sem suprimentos. Não com a proximidade do inverno. Nós saímos do carro assim que estivermos nessa outra cidade e pegamos o que precisamos lá.

Antes que eu possa argumentar ou expressar qualquer dúvida – e eu tenho várias –, Hennessy faz sinal para andarmos.

Meu coração quase explode na minha caixa torácica quando o soldado parado à porta tenta nos impedir de ir embora. Mas, antes que eu possa entrar em pânico ou Trigger tente incapacitá-lo, Seren chega e se coloca frente a frente com o soldado.

– Não permito que incomodem meus convidados. Estes são Hennessy e Margô Chapman, e Waverly Whitmore, de Mountainside. Eles não fizeram nada de errado e agora desejam partir. Então faça o favor de sair da frente.

O soldado tenta argumentar e Seren começa a gritar.

– Vamos! – Margô agarra minha mão e me puxa pela porta, passando pelo guarda. Seus olhos estão brilhando de excitação com a perspectiva de uma "fuga", e o fato de eu estar usando seu vestido parece ter sido perdoado.

Hennessy nos segue pela porta, mas só consigo respirar depois de ver que Trigger saiu no corredor atrás dele, são e salvo. O soldado está muito ocupado discutindo com o filho da Administradora para notá-lo.

– Por que estamos correndo? – Hennessy pergunta enquanto eu manco pelo corredor o mais rápido que posso, tentando acompanhar sua irmã, que evidentemente é sua irmã *de verdade*.

– Porque, se ele checar os nomes na lista, descobrirá que Waverly não veio conosco – explica Margô, como se devesse ser óbvio. – Mas, se você *quiser* que ela seja levada em custódia e entregue aos pais para ficar de castigo pelo resto da vida, nós podemos voltar... – Ela começa a andar e lança um sorriso de provocação para o irmão.

– Nós *não* vamos voltar – insiste Trigger, e os dois olham para ele, surpresos. Evidentemente um segurança particular não deve participar da conversa.

– Concordo – digo, chamando a atenção de volta para mim.

– Então, vamos! – Margô se inclina para tirar os sapatos, então sai correndo pelo corredor, segurando aquelas armadilhas mortais em forma de estacas em uma mão. Sigo seu exemplo e, um segundo mais tarde, estamos correndo pelo corredor, na direção oposta da escada pela qual Trigger e eu subimos antes.

Passamos por várias portas até chegar a uma escada curva e ampla, com vista para um imenso vestíbulo no andar debaixo. Dessa perspectiva, a mansão da Administradora parece mais um prédio de Departamento do que uma casa, porém, à medida que descemos as escadas correndo, entendo que na realidade ela é as duas coisas.

No térreo, Margô empurra as portas duplas de vidro e saímos numa ampla varanda seguida de degraus circulares de pedra. Estacionada no passeio que contorna a frente da mansão, há uma longa fila de carros pretos parados um atrás do outro ao longo da faixa de cruzeiro.

Embora eu não saiba como eles conseguem distinguir os carros uns dos outros, Hennessy e Margô vão direto para o segundo da fila e, quando os vê chegando, um homem sai do banco da frente para abrir a porta de trás para eles. Margô entra no banco de trás e se apressa para dar lugar. Hennessy gesticula para que eu entre primeiro, então escorrego para dentro e ele me segue.

Trigger senta no banco da frente sem que ninguém fale nada e o homem que segurou a porta aberta dá a volta no carro para se sentar ao seu lado.

Esse homem – o motorista? – levanta o pulso na frente de um scanner no painel e o motor ganha vida. Olho para seu código de barras e entendo que ele é um clone, muito embora não reconheça seu genoma.

Mas não faço ideia de por que ele está no carro de Hennessy ou por que o carro precisa de um motorista.

O carro estacionado na frente do nosso avança um pouco e o homem sentado no banco da frente acena cordialmente para o motorista de Hennessy.

– Portão principal – diz o nosso motorista quando o carro pede um destino, e o veículo ganha velocidade e segue adiante.

Quando estamos saindo da entrada da casa e entrando na rua, seguindo a faixa de cruzeiro, ouço uma confusão atrás de nós. Com a adrenalina correndo nas veias, me viro no banco e vejo soldados saindo da mansão, gritando para o motorista parar o carro.

– Continue em frente – ordena Hennessy. – Mais rápido.

– Velocidade máxima – diz o motorista, e o carro acelera, correndo pela rua a uma velocidade maior do que eu jamais poderia imaginar. Meu coração bate rápido e meu corpo parece preso ao banco atrás de mim.

Margô dá risada enquanto deixamos os soldados gritando atrás de nós.

– É *assim* que se faz uma saída! – exclama Hennessy, com os olhos brilhando de excitação, e recuo porque sua boca está muito perto do meu ouvido.

Margô se vira para mim, sorrindo.

– Devo reconhecer, Waverly. Nunca há um momento de tédio ao seu lado. Mesmo que você seja uma danada de uma ladra.

Ela está me xingando de novo, mas desta vez não parece brava. E continuo sem saber como responder. Olho para o banco da frente e vejo Trigger olhando pela janela, segurando a maçaneta da porta com muita força.

Sigo seu olhar e fico tão perplexa quanto ele. A ala de treinamento está passando voando à nossa direita, e nunca a vi dessa forma. Embora os prédios se ergam atrás dos muros da ala, eles não parecem tão altos a esta distância. A maioria das Academias está escura a essa hora da noite, mas os dormitórios são torres iluminadas, porque ninguém além das crianças pequenas foi para a cama ainda.

Então, em segundos, a ala de treinamento desaparece.

A ala administrativa também passa voando num borrão de luz e... não há nada senão o escuro. Estamos em um terreno vazio.

Onde está a ala residencial? A ala industrial? Onde estão todas as pessoas que vivem e trabalham em Lakeview depois de se formarem?

Como a cidade pode ser tão pequena?

Uma luz azul aparece no canto do meu olho. Eu me viro e vejo um veículo da Defesa acelerando atrás de nós, dando farol alto.

– Sinto muito, senhor – diz o motorista, olhando pelo espelho retrovisor. – Mas estão pedindo para pararmos.

Evidentemente os soldados querem que paremos o carro.

– Não! – agarro a mão de Hennessy enquanto o medo percorre minha coluna.

– Senhora, eu preciso parar – explica o motorista, desculpando-se. – Esta é a lei aqui, assim como é na sua cidade.

Mountainside. Essa é a cidade que a minha única idêntica remanescente chama de lar.

– Por favor – digo enquanto me viro para Hennessy, tentando ignorar o olhar que Trigger dirige a mim do banco da frente.

Hennessy parece surpreso tanto por eu apertar sua mão quanto pelo desespero na minha voz. Ele olha pela janela de trás para o carro que nos segue. Os soldados ligam a sirene e o som nos persegue com a mesma insistência que as luzes.

Hennessy se volta para mim e seus olhos se acendem de novo com a perspectiva de desafiar os soldados.

– Pise fundo – ele diz e, antes que eu possa perguntar o que isso significa, o motorista responde.

– Nós já estamos na velocidade automática máxima, senhor.

– Então coloque no manual.

– Sim, senhor. – O motorista coloca o pulso sob o scanner e uma luz vermelha brilha no interior do carro enquanto o aparelho lê seu código de barras. – Direção manual – ele diz. Algo no painel solta um ruído e ele se retrai para revelar um volante lá no fundo. O volante desliza para a frente e o motorista o segura. Seu joelho se levanta, e vejo, da minha posição no meio do banco de trás, o homem pisar em alguma coisa.

O carro dá uma guinada para a frente. Ele segura o volante e, quando faz qualquer ajuste mínimo, o carro desvia um pouco. Nosso veículo não está mais sendo guiado pelas faixas de cruzeiro da rua. O motorista está com o controle total do carro e de todo mundo que está dentro dele.

Chocada ao perceber isso, olho em volta em busca de algo para me segurar enquanto nos afastamos do carro que nos segue. O portão principal se aproxima à frente. Atrás de nós, o mundo está tingido de vermelho e azul brilhante.

Trigger segura na alça da porta à sua direita. À frente, o portão começa a se fechar, sem dúvida em resposta a um alerta.

– Mais rápido! – Hennessy grita e Margô dá gritinhos de excitação enquanto eu aperto a mão do seu irmão porque não tenho onde me segurar.

O motorista pisa mais fundo e o carro dá outra guinada para a frente. As sirenes desaparecem na distância. Nosso carro passa voando pelo portão aberto em direção à floresta.

Estou fora de Lakeview pela primeira vez na vida. Mas só começo a respirar aliviada quando me viro e vejo que os veículos da Defesa – agora há três deles – pararam no limite da cidade, evidentemente o limite de sua autoridade.

Viro para a frente e vejo o alívio nos olhos de Trigger. Dou um sorriso nervoso para ele, então olho para o para-brisa, surpresa. Os faróis do carro iluminam a estrada à nossa frente, e é assim que posso ver que, embora a estrada seja pavimentada aqui na floresta, provavelmente até a próxima cidade não há mais faixas de cruzeiro.

É por isso que os convidados precisam de motoristas. Não há CitiCars na floresta.

– Uhuuuu! – Margô dá um golpe no ar e, embora o gesto não me seja familiar, posso sentir a celebração que existe nele.

Hennessy aperta minha mão e vejo que ele está sorrindo para mim. Ele e a irmã não têm ideia do que fizeram por mim e por Trigger, mas parecem tão felizes com o resultado quanto eu. Quanto Trigger...

Mas o alívio de Trigger é suplantado por um traço de cautela nas linhas de sua testa. Na linha dura de seu maxilar. Seus olhos silenciosamente me fazem lembrar de que podemos estar fora de Lakeview, mas não estamos fora da floresta. Ou melhor, ainda não estamos *na* floresta.

Balanço a cabeça, dizendo-lhe silenciosamente que me lembro do plano. Deixar Hennessy e Margô assim que chegarmos à cidade. Roubar todos os suprimentos que conseguirmos encontrar. Então dar um jeito de sair de Mountainside.

Para onde ninguém vai nos caçar.

VINTE E UM

SÓ PERCEBO COMO ESTOU CANSADA quando me pego cochilando no carro e de repente me sento ereta. Trigger dá uma risadinha.

A adrenalina de Margô não durou muito e, logo que chegamos às colinas, o balanço suave do carro a embalou até dormir.

Hennessy aguentou mais tempo. Ele queria conversar, e acabei fingindo que dormia para ele não me fazer mais perguntas que pudessem expor minha ignorância.

Por fim eu mesma acabei dormindo.

Olho para a minha direita e vejo Hennessy roncando suavemente no banco, com a cabeça encostada na janela.

Trigger ficou acordado e alerta o tempo inteiro.

– Ainda falta muito? – pergunto baixinho ao motorista.

– Só alguns minutos agora – ele responde também em voz baixa, sem tirar a atenção da estrada. – Vocês estarão em casa e na cama em meia hora.

Ah, se isso fosse verdade.

– Pare o carro! – diz Trigger, olhando pela janela, e o motorista se sacode num susto.

– Por quê?

Trigger se vira para mim e seus olhos quase brilham de entusiasmo, iluminados pela luz fraca do painel.

– Maçãs silvestres – ele sussurra.

– Pare – peço baixinho, sorrindo. – Por favor.

O motorista dá de ombros e desacelera o carro até parar no meio da estrada.

– Só vamos demorar um minuto – diz Trigger ao abrir a porta.

O ar frio invade o interior do veículo e eu rapidamente passo por cima de Margô para poder fechar a porta sem acordar nenhum dos dois.

– Eu as vi com a luz do farol – conta Trigger enquanto me leva por um trecho de grama alta e dura. As lâminas se enroscam na parte de baixo do meu vestido e arranham minhas pernas, mas posso ver para onde estamos indo. A poucos metros do carro, há um grupo de árvores frondosas sob a luz da lua, seus galhos pesados de frutas redondas e vermelhas.

– Maçãs fuji – sussurro conforme paramos embaixo da árvore mais próxima. – Normalmente colhidas no outono. – Mas eu só as vi no pomar hidropônico.

– Pegue uma – diz Trigger.

Ele observa meu rosto enquanto ergo a mão e toco uma fruta pequena, quase perfeitamente redonda. Sua casca é mais áspera do que eu imaginava. Suas folhas são de um verde vivo, mesmo no escuro.

Giro a maçã com delicadeza e a puxo. O galho balança quando a fruta é removida. E estou segurando minha primeira fruta tirada diretamente da árvore.

Eu a levo ao nariz e respiro fundo. O aroma é doce, levemente penetrante. A fuji é uma ótima maçã para fazer suco. Ou para morder quase até o caroço.

Dou uma mordida e meus dentes rompem a casca até alcançar a polpa firme e doce. O suco escorre pelo meu queixo e dou uma risada alta.

Esta maçã tem um sabor selvagem. Tem gosto de terra, vento e uma maravilhosa doçura natural. E, embora seja vermelha e redonda como as outras, é sutilmente diferente de *todas* elas.

– Eles ainda estão dormindo – sussurra Trigger enquanto engulo a primeira mordida.

Olho de volta para o carro para ter certeza, então puxo Trigger na minha direção e o beijo à luz da lua. Debaixo da macieira, com suco de maçã fresca ainda umedecendo meus lábios.

Ele também tem um gosto selvagem.

– Não quero voltar para o carro – murmuro quando aquele primeiro beijo selvagem termina.

– Eu sei – ele diz. – Mas nós temos que voltar. Você já está tremendo de frio.

Sequer tinha percebido. Mas ele está certo. Está muito frio para ficar ao relento sem suprimentos.

– Já estamos quase em Mountainside. Nós vamos pegar o que precisamos e então encontraremos um caminho de volta pelo portão. Estaremos de volta aqui antes do que você imagina.

– Promete? – sussurro enquanto seguimos de volta para o carro.

– Eu juro.

– Ei! – Hennessy se endireita assim que subo de volta para dentro do carro, ainda carregando minha maçã. – O que aconteceu?

– Nada. – Dou outra mordida e falo com a boca cheia. – Fiquei com fome.

– Essa coisa provavelmente está suja – diz Margô, tirando o cabelo embaraçado do rosto.

– Sim. – Sorrio para mim mesma. – Está.

O carro dá a partida e o ângulo da estrada fica mais inclinado. Estamos rodando pela encosta da montanha agora. Trigger se vira para a frente de novo quando Hennessy pega minha mão e, pela milésima vez, me pergunto quão íntimos são Hennessy e Waverly. Já deduzi que não há regras contra a confraternização em Mountainside e Riverbend, o que abre possibilidades muito além do que minha imaginação limitada pode conceber.

É muito estranho e frustrante perceber de repente como não sei nada do mundo, e menos ainda sobre as pessoas que vivem nele.

Margô se senta ereta quando a cidade aparece à frente. Ela olha pelo para-brisa para sua cidade como se aquilo não significasse muito para ela; já eu preciso reunir todo meu autocontrole para não suspirar ao vê-la.

Mountainside é muito maior do que eu imaginava. Muito maior do que Lakeview.

A distância, os prédios não parecem ser tão altos quanto os dormitórios ou a Academia de Força de Trabalho em Lakeview, mas há um número muito, muito maior deles. Eles parecem subir na encosta da montanha, o que permite que sejam vistos por cima dos muros da cidade e, mesmo no meio da noite, cerca de metade deles está iluminada.

Meu coração acelera ao nos aproximarmos do portão. Ninguém que conheço jamais saiu de Lakeview. Nunca esperei ver nada do mundo além dos muros da cidade onde fui criada, incubada e onde cresci.

O motorista de Hennessy para o carro diante do portão da cidade. A estrada é tão íngreme que sou forçada a apoiar as costas no banco e o para-brisa parece estar apontado para o céu. O motorista aperta um botão e seu vidro desce na porta do carro. Um guarda se inclina para olhar dentro do veículo.

Pisco, certa de que meus olhos cansados estão imaginando coisas.

O uniforme do guarda diz "Gladius 28". Mas esse é um nome de soldado de Lakeview. Com certeza Mountainside não usa os mesmos nomes que minha cidade natal.

O guarda abre a boca para fazer uma pergunta, mas fica mudo no momento em que seu olhar encontra o meu rosto.

– Senhorita Whitmore – diz ele, claramente surpreso. Ele levanta um tablet e toca em algumas teclas. – Não tenho registro de você ter saído da cidade esta noite...

Hennessy dá risada.

– Com certeza não é a primeira vez para você, soldado. Abra o portão e nos deixe passar.

Gladius 28 balança a cabeça bruscamente, consentindo, então digita alguma outra coisa em seu tablet. O portão se abre rápido e sem fazer barulho e, assim que a abertura é grande o suficiente, o motorista nos conduz por ele.

Já dentro da cidade, ele para o carro e diz:

– Direção automática. – O volante volta à sua cavidade com um ruído e o painel desliza por cima, fechando-se. – Casa dos Whitmore – completa o motorista, e o carro volta a andar, desta vez seguindo as faixas de cruzeiro na rua, que são muito parecidas com as faixas de cruzeiro pintadas em todas as ruas de Lakeview.

Embora o sol já tenha se posto há horas, a área de Mountainside que se estende imediatamente após os portões de entrada está iluminada como se fosse dia por luzes montadas em postes altos alinhados nas ruas. A poucos metros da calçada, há prédios altos muito próximos uns dos outros, e todo o chão parece ser pavimentado. Não consigo ver nem um tufo de grama de onde estou, no meio do banco de trás.

Justo quando estou me convencendo de que Mountainside não tem nada em comum com Lakeview, um movimento captura minha atenção através da janela de Margô. Eu me inclino, desviando dela, e, enquanto o carro anda pela rua, fico surpresa ao ver trabalhadores usando uniformes marrons familiares, varrendo o lixo das calçadas enquanto a maioria dos outros moradores de Mountainside dorme. Quanto mais olho pelas janelas, mais trabalhadores observo. Seis mulheres com rostos idênticos, usando uniformes verdes de jardineiras estão ajoelhadas num canteiro de flores entre a rua e a calçada, plantando. Outra meia dúzia de homens levam embora cestos de lixo da frente de vários prédios.

Contudo, entre os poucos cidadãos que vejo andando pela calçada e frequentando os comércios a esta hora da noite – aqueles que estão na rua aproveitando a noite, e não trabalhando –, não há dois parecidos. Não há dois que usem a mesma roupa.

Nosso carro para. Olho pelo para-brisa e vejo que estamos em frente a um poste suspenso verticalmente sobre o meio da rua. Pendurada no poste há uma única luz vermelha. Preciso morder minha língua para não perguntar por que nós paramos em frente a uma luz vermelha, porque tenho certeza de que isso é uma coisa que Waverly já saberia.

Enquanto o carro está parado, olho pela janela de Hennessy e vejo outro grupo de seis jardineiras trabalhando no meio da noite, mas o horário não é o que faz meus olhos se arregalarem tanto até parecer que vão saltar do meu crânio.

Eu conheço esses rostos.

As jardineiras são todas garotas com cabelos loiros cacheados, olhos castanhos pequenos e narizes longos e retos. Se eu estivesse mais perto, sei que veria sardas perto do osso do nariz.

Quando o carro começa a andar de novo – percebo que a luz vermelha agora está verde –, nós passamos perto o bastante para eu ver o nome bordado na frente de um dos uniformes.

Azalea 19.

Levo um susto. Eu *conheço* essas garotas. Conheço seus rostos, de qualquer forma, porque os vi no refeitório da Academia de Força de Trabalho todos os dias durante anos. Elas são da classe de jardinagem que se formou dois anos atrás.

Como é que seis jardineiras de Lakeview foram parar a horas de distância, trabalhando nas ruas de Mountainside no meio da noite?

– Você gosta delas? – Hennessy pergunta, seguindo meu olhar.

Não faço ideia do que responder.

– E daquelas ali? – Ele aponta pela janela. Sigo a direção do seu dedo e vejo outro grupo de seis mulheres idênticas, vestidas de marrom e lavando as janelas de uma loja que deve ter fechado algumas horas antes.

– Meu pai acabou de comprar um lote assim para substituir a equipe de funcionários de casa, que está programada para expirar semana que vem. Elas devem chegar aqui em alguns dias.

Ele está falando sobre as janelas. Por favor, *tomara que ele esteja falando sobre as janelas.*

Mas ele não está. Janelas não vão substituir a equipe de funcionários de uma casa. Mas um grupo de garotas idênticas da Divisão de Trabalho Braçal do ano 18 de Lakeview fará isso muito bem.

Não consigo responder. Estou horrorizada e sem palavras.

Entendo agora por que Lakeview não tem ala residencial nem ala industrial.

As classes que se formam na minha cidade natal não vão trabalhar pela glória de Lakeview, afinal.

Meu pai acabou de comprar um lote...

Sinto que vou ficar enjoada.

Olho para Trigger e vejo que ele está com o maxilar tenso. Suas mãos seguram firme nas bordas do assento. Ele está lutando para controlar sua língua, ou seus punhos, ou qualquer parte dele que queira expressar a raiva que ambos estamos sentindo à medida que essa nova realidade se abate sobre nós.

Está na hora de ir embora. De sairmos do carro e corrermos pela cidade para pegarmos o que precisamos para sobreviver na floresta.

Chegou a hora de deixar Lakeview e Mountainside para trás.

Coloco uma mão em seu ombro. Ele se vira para olhar para mim. Minha boca está aberta, pronta para colocar nosso plano em ação.

Então o motorista desacelera o carro em frente a um portão alto e ornamentado, um pouco recuado em relação à rua.

– Chegamos, senhorita Whitmore.

O quê? *Não.*

Tudo o que consigo fazer é observar, aterrorizada e em silêncio, enquanto ele aperta um botão próximo ao portão e diz ao rosto que aparece na tela que ele trouxe Waverly Whitmore para casa.

– Como? – diz o soldado vestido de preto na tela. – A senhorita Whitmore foi dormir horas atrás.

O motorista dá risada.

– O senhor está enganado. – Ele vira a tela até que o soldado olhe diretamente para mim. O homem da imagem franze a testa, então pressiona um botão. O portão à nossa frente se abre.

O carro de Hennessy segue em frente por conta própria, passando por um gramado bem cuidado em camadas que sobem pela encosta do morro, até que paramos na frente de uma casa imensa, curiosamente parecida com a mansão da Administradora.

Meu coração bate forte nos meus ouvidos. Não posso sair. *Eu não pertenço a este lugar.*

A porta alta e estreita da frente da casa se abre e uma mulher sai na ampla varanda, descalça, fechando um longo robe cor-de-rosa em volta de seus quadris estreitos.

– Waverly Whitmore! – ela diz num tom de reprovação, inclinando-se para me olhar zangada através da janela. – Saia já do carro!

Trigger sai e abre a porta de Margô. Ele me lança um olhar tranquilizador enquanto passo por cima de Margô e, quando ele me ajuda a sair do carro, sussurra:

– Prepare-se para correr.

Estou mais do que preparada. Entretanto, quando paro na sarjeta e olho para a mulher de robe cor-de-rosa, todos os pensamentos na minha cabeça me abandonam. É como se eu estivesse olhando para uma versão mais velha de mim mesma.

A mãe de Waverly tem os meus olhos azuis, pele clara e queixo pontudo. Mas seu nariz é diferente.

– Quem é esse moço? – ela pergunta, olhando para Trigger.

Antes que eu possa pensar em como responder, a porta da frente da casa se abre e uma garota com o meu rosto e o sorriso de Poppy desce os degraus correndo.

– Hennessy! – ela grita sem nem mesmo olhar para mim, e percebo que ele saiu do carro atrás de mim. – Veja! Eles já carregaram! Você já viu? Estará em todos os outdoors da cidade amanhã à noite.

Ela segura um tablet, mas, antes que eu possa ver o que está nele, seu olhar me encontra.

Ela fica boquiaberta e seus braços caem frouxos.

– Mamãe… – Sua voz está rouca com o choque. – Que *diabos* está acontecendo?

A mãe de Waverly olha para ela e depois para mim, com ambas as mãos na boca.

E, antes que eu possa decidir o que fazer, minha atenção se volta para o tablet que ela ainda segura junto ao joelho direito. Na tela, fico chocada ao ver o meu próprio rosto, coberto com a mesma pintura e brilho que Margô e suas amigas usavam na festa de Seren. Ao meu lado na imagem está Hennessy, com o braço em volta do meu ombro.

A legenda sob nossos rostos sorridentes diz: "Não perca o casamento do século – Exclusivo no Canal 4! Lady Whitmore e Sir Hennessy Chapman para sempre!".

"Puro choque de adrenalina! Finalmente um romance cheio de ação transbordando com personagens complexas e com corações genuínos. Não pode passar em branco."

LISA GARDNER, autora best-seller do *The New York Times*

ELE ESTAVA NO LUGAR CERTO E NA HORA ERRADA, E AGORA É O ÚNICO QUE PODE SALVÁ-LA...

Sam Dryden, aposentado das forças especiais, leva uma vida tranquila em uma pequena cidade na costa sul da Califórnia. Durante uma corrida à noite, seu caminho se cruza com o de uma garota em fuga. Descalça e aterrorizada, ela tentava escapar de um grupo armado, e Sam aceita ajudá-la a despistar os perseguidores. Apesar do instinto protetor, ele deseja saber por que havia tantos homens incumbidos de matar uma menina de apenas doze anos.

Rachel, no entanto, não pode responder a essa pergunta, pois só se lembra dos dois últimos meses de sua vida, durante os quais ficou encarcerada em uma prisão secreta do governo. A única certeza que ela tem é de que possui uma habilidade que a torna muito perigosa e valiosa para aqueles homens. Mesmo assim, Dryden decide ajudar a garota a descobrir seu passado enquanto fogem das forças militares altamente armadas e, em meio a esta empreitada, percebe que a habilidade de Rachel – e os segredos governamentais que o envolvem – podem ser o seu maior perigo.

Sobre o autor: Patrick Lee nasceu em Michigan em 1976 e é um dos autores mais aclamados de sua geração. Especialista no gênero de suspense, é autor dos thrillers *The Breach, Ghost Country* e *Deep Sky*, tendo seus principais lançamentos na lista de Mais Vendidos no *The New York Times.*